L'ORACLE DES MANTRAS

par Lili Barbery-Coulon
illustrations Bastien Coulon

MARABOUT

À Jeanne, notre fille. Avec tout notre amour.

À propos de l'auteure

Professeure de kundalini yoga et formatrice à l'enseignement de cette pratique, Lili Barbery-Coulon a écrit deux livres publiés aux éditions Marabout : *Pimp My Breakfast* (2018) et *La Réconciliation* (2019). Cette ancienne journaliste, qui a longtemps enquêté pour *Vogue* puis pour *M le magazine du Monde*, a complètement métamorphosé sa vie en découvrant la puissance du kundalini yoga et en s'éveillant à la spiritualité. Elle dédie désormais son quotidien au partage des outils qui élèvent la conscience, à travers les cours qu'elle donne en ligne et en public, les méditations qu'elle propose gracieusement sur Instagram (@lilibarbery) et le récit de son chemin d'éveil sur son site lilibarbery.com.

À propos de l'illustrateur

Bastien Coulon est né un crayon à la main. Issu d'une famille d'artistes, il a passé plus de temps à dessiner ses professeurs qu'à écouter leurs leçons. C'est à l'école supérieure d'arts graphiques Penninghen qu'il est enfin autorisé à exprimer sa passion et où il apprend à maîtriser la photographie, la calligraphie et le graphisme. Après avoir longtemps exercé le métier de directeur artistique et d'illustrateur pour divers projets éditoriaux, il consacre désormais tout son temps au dessin et à la peinture. De sa main apparaît un foisonnement de créatures enchevêtrées sans qu'il ne puisse expliquer de quel monde elles surgissent. Ses portraits envoûtants aimantent l'attention d'un public fidèle sur Instagram (@bastiencoulon), réseau sur lequel il met ses œuvres en vente.

INTRODUCTION

S'ouvrir à la magie

J'ai longtemps cru que les cartes d'oracle et autre tarot divinatoire n'étaient que des escroqueries. L'idée de prendre une décision en fonction du tirage hasardeux d'une carte me semblait tout à fait grotesque. Même si je reconnaissais la beauté graphique de certains jeux, je ne me sentais pas du tout attirée par ces pratiques ésotériques qui me paraissaient aussi fiables que les prédictions astrologiques diffusées à la radio lorsque j'étais enfant. J'ai commencé à changer d'avis sur le sujet en 2016, lorsque j'ai découvert le kundalini yoga. Après plus d'une dizaine d'années dans la presse écrite à rationaliser toute forme de questionnement sur mon époque, je faisais brusquement l'expérience de sensations nouvelles qui dépassaient la logique offerte par mes cinq sens. Chaque cours ouvrait un nouvel espace inexploré de ma conscience. J'étais médusée par la puissance de cet enchaînement de respirations intenses, de mouvements et de méditations chantées sur mon état physique et émotionnel, ainsi que sur mon énergie. En fermant les yeux, je m'autorisais un accès vers l'invisible et le mystère auquel je n'avais jamais été éveillée. Le pouvoir incroyable des mantras est rapidement entré dans mon quotidien, massant mes résistances les plus tenaces avec douceur. Souhaitant comprendre cette soudaine harmonisation intérieure survenue sans usage de substance ni effets secondaires, je me suis alors intéressée aux enseignements yogiques ainsi qu'à la physique, l'astronomie et la nature dont j'étais profondément déconnectée. La manière dont je regardais le monde qui m'entourait a changé, comme si j'avais ôté plusieurs voiles de la surface de ma rétine. Plus sensible aux saisons, aux cycles lunaires, mais aussi aux signes comme aux répétitions que je prenais jusqu'alors pour des hasards, j'ai fini par accepter l'existence d'une magie à laquelle mon cerveau ne comprend toujours rien.

Synchronicité ou hasard ?

Nous avons tou·te·s déjà fait l'expérience d'étranges « hasards ». Penser à un vieil ami vivant à l'étranger le matin au réveil, puis le retrouver sur le quai d'une gare après avoir raté notre train : ces deux événements paraissent n'avoir aucun lien de causalité entre eux, pourtant ils nous troublent profondément. La pensée est-elle créatrice de notre réalité ou bien avons-nous eu accès à une prémonition au réveil ? Carl Gustav Jung est le premier à se servir de ces répétitions d'occurrences pour aider ses patients dans leur recherche psychanalytique. Alors qu'une de ses patientes lui parle d'un scarabée aperçu dans un rêve, le psychanalyste suisse aperçoit, au cours de son récit, le même insecte sur le rebord de la fenêtre de son cabinet. Il parle alors de « synchronicité ». L'identification de cette concomitance associée à l'interprétation du patient permet de traverser certaines résistances et d'avoir accès à une prise de conscience qui échappe à la logique causale. Cela fait plusieurs années que je ne crois plus au hasard. Je suis convaincue que les humains n'échappent pas aux lois régissant l'univers tout entier. Chacun d'entre nous émet une fréquence vibratoire, que nous en soyons conscient·e·s ou non, résonnant avec d'autres vibrations similaires, attirant ou repoussant les rencontres et les situations à l'instar d'un aimant. Je suis très attentive aux signes répétitifs et aux synchronicités. Ils me servent toujours à comprendre ce que je n'avais pas réalisé plus tôt au sujet de ma fréquence. Ils me montrent le soutien indéfectible que je reçois de l'univers lorsque j'ai tendance à l'oublier. Ils me rappellent que je ne suis pas un individu séparé du monde qui m'entoure mais que je fais un avec tout ce qui est, soumise aux mêmes lois que celles qui ordonnent à la fois la naissance et le mouvement elliptique des astres.

Oracle et mantras

Dans la pratique du yoga, lorsqu'on veut poser une intention au début d'un stage ou lors d'un rituel de pleine lune, il n'est pas rare que l'enseignant propose aux élèves de venir tirer une carte issue d'un jeu d'oracles. J'ai ainsi pris l'habitude d'utiliser ces outils qui m'étaient étrangers, pour des occasions spéciales. Désormais, j'y fais appel à chaque fois que j'en ressens le besoin. Je suis toujours frappée par la justesse du tirage. Que ce soit dans mon cas ou celui des autres, la pertinence de la carte à l'instant T est sidérante. Au fil du temps, je me suis mise à utiliser les oracles pour orienter la direction des cours de yoga que j'encadre. La carte tirée me sert à la fois d'inspiration et de guidance. Cependant, malgré l'offre pléthorique d'oracles sur le marché, je n'en ai pas trouvé utilisant les mantras qui accompagnent la pratique du yoga. C'est ce qui m'a donné l'idée de créer l'objet que vous tenez présentement dans vos mains. *L'Oracle des mantras*, que j'ai créé avec l'artiste Bastien Coulon, combine la loi de synchronicité avec la puissance symbolique des mantras pour aimanter à soi la méditation qui nous correspond pleinement. Si l'on n'a pas envie de méditer ni de réciter le mantra, le message de la carte tirée est suffisamment riche pour nous indiquer une voie vers laquelle nous diriger.

D'où viennent les 54 mantras de ce jeu ?

Dans de nombreuses disciplines du yoga, on utilise des syllabes dites sacrées pour ouvrir et fermer l'espace de la pratique. Issues de traditions anciennes, ces phrases courtes sont extraites de textes bien plus longs datés parfois d'environ 1 500 ans avant la naissance de Jésus-Christ (c'est le cas du gayatri mantra, par exemple). Ces syllabes méconnues des Occidentaux sont pourtant chantées et répétées depuis plusieurs centaines, voire plusieurs milliers d'années et constituent une partie du patrimoine spirituel de l'humanité. Bien qu'issus de l'hindouisme, du sikhisme et du bouddhisme, les mantras ne sont pas des chants dogmatiques réservés exclusivement à la pratique religieuse. Ces syllabes, souvent arrangées par groupe de 8 (en référence au chiffre qui symbolise l'infini), sont extrêmement puissantes. On pourrait croire que c'est leur signification qui induit un effet positif sur le mental. Pourtant, même lorsqu'on ne parle pas le sanskrit ou le gurmukhi, on est capable de ressentir leur effet sans avoir reçu de traduction. En fait, c'est la vibration des syllabes chantées qui agit de manière thérapeutique. Dans toutes les cultures, on berce les bébés avec des sons et des chants. Chaque son dispose d'une fréquence capable d'apaiser, de vitaliser, de calmer ou au contraire d'effrayer dans le cas d'un cri strident ou d'un rugissement. Chacun des 54 mantras sélectionnés pour ce jeu d'oracle recèle une propriété particulière à explorer grâce à la répétition. Dans le domaine du kundalini yoga, que les Occidentaux n'ont découvert qu'à la fin des années 1960 lorsque l'Indien Yogi Bhajan a décidé de dévoiler cette pratique ancienne aux États-Unis, on utilise les mantras dans la plupart des méditations. Ils viennent presque tous du sikhisme, mais il en existe également quelques-uns en anglais, qui sont tout aussi puissants. Je n'ai pas choisi le nombre 54 au hasard : 54 est la moitié de 108 qui, comme le chiffre 8, est relié à l'infini. Or, traditionnellement, on répète les mantras 108 fois d'affilée à l'aide d'un mala (un collier constitué de 108 perles).

À VOUS DE JOUER !

Créez un espace sacré

Installez-vous dans un lieu calme et prévenez votre entourage que vous avez besoin de quelques minutes de tranquillité. Aérez la pièce et, si vous en ressentez le besoin, faites brûler un peu d'encens, des feuilles de sauge séchée, ou bien un bois précieux comme le palo santo : ces plantes sont utilisées depuis la nuit des temps pour purifier les espaces ou communiquer avec le divin, leur fumée s'élevant vers le ciel. Ces actions non nécessaires n'ont pas d'autre but que d'honorer le sacré en vous. Vous pouvez également allumer une bougie et déposer des cristaux devant vous ; ils se chargeront de la fréquence vibratoire générée lors de votre méditation. Tout cela peut paraître folklorique, voire carrément ridicule, surtout si l'on est issu·e d'une culture cartésienne. Je n'utilise pas systématiquement ces objets, mais j'adore l'atmosphère qu'ils permettent de créer.

Asseyez-vous en tailleur sur un coussin de méditation, en étirant la colonne vertébrale vers le ciel, le menton parallèle au sol. Si la posture en tailleur est trop inconfortable pour vos genoux, asseyez-vous sur le rebord d'une chaise, les mains sur les cuisses, les pieds bien à plat sur le sol et le dos droit. Fermez les yeux et posez votre attention sur votre souffle, à l'inspiration puis à l'expiration, sans chercher à modifier votre respiration. Ces quelques secondes de focalisation sur l'air qui entre et qui sort, sur les mouvements du corps et les muscles engagés dans le ventre, le diaphragme, la cage thoracique, le dos et les épaules permettent de sortir du bruit de nos pensées et d'entrer en contact avec la permanence de notre silence intérieur. Sans rien forcer, la respiration s'allonge naturellement et les battements du cœur ralentissent. Ce préambule vous place dans une posture de réceptivité. Au lieu d'émettre, vous acceptez de recevoir et d'observer. Peut-être que vous aurez besoin de quelques minutes supplémentaires pour entrer en contact avec votre silence. Une fois la connexion établie, ouvrez l'espace, les mains en prière pressées l'une contre l'autre, en chantant trois fois le mantra *Ong Namo Guru Dev Namo* (je m'incline face à l'infinie sagesse en moi, je m'incline face au processus qui me permet de passer de l'ombre à la lumière par transparence). Vous pouvez également chanter un long *Om*. Et si vous n'avez pas envie de chanter, prononcez mentalement la phrase : « Je m'ouvre à recevoir la guidance de ma conscience. »

Procédez au tirage

Mélangez et étalez le jeu devant vous, le dos des cartes face à vous. Posez une intention avant de tirer la carte avec votre main gauche, qui est reliée au chakra du cœur. Peut-être avez-vous une question particulière que vous souhaitez poser à l'oracle ? Êtes-vous à la recherche d'inspiration pour votre méditation du jour ? Êtes-vous en quête de clairvoyance sur une situation ? Quelle est votre demande ? Formulez votre question le plus simplement possible. Ne vous laissez pas piéger par le flot de vos pensées ou de vos lamentations. Si c'est le cas, remettez votre attention sur votre respiration et focalisez-vous sur l'espace serein au centre de votre poitrine. Inutile de prononcer la question à voix haute : le langage du cœur appelle le silence. Avec votre main gauche, tirez la carte qui aimante votre main sans réfléchir. Observez l'illustration et lisez le mantra ainsi que la phrase qui l'accompagne. Ressentez ce que la découverte de la carte provoque au niveau corporel. Y a-t-il une zone qui réagit dans votre corps ? Remarquez ces sensations, elles sont riches d'enseignements. Ensuite, ouvrez la page du livret qui correspond au mantra pour comprendre le sens de votre carte.

Interprétez la carte tirée au sort

Les cartes des mantras sont déclinées dans ce livret par ordre alphabétique. Lisez le texte relié à la carte et, encore une fois, prenez le temps de ressentir la réaction de votre corps qui ne sait pas mentir. Peut-être que vous comprenez clairement la réponse donnée par la carte. Au contraire, vous ressentez un agacement : la carte n'est pas à la hauteur de vos attentes. Notez mentalement (ou sur un cahier) la réaction provoquée par la lecture de la carte et ce qu'elle vous évoque. Il est possible également que vous ne compreniez pas la réponse donnée par la carte. Dans ce cas, retenez la page et la carte (en les prenant en photo, par exemple) et prenez le temps de relire le texte dans quelques heures, voire le lendemain. Chaque tirage est un cadeau. Aucune carte n'est contre vous, elle vous indique simplement une direction à explorer. Si vous utilisez le jeu pour trouver le mantra dont vous avez besoin pour votre pratique du moment et que vous n'êtes pas satisfait·e du tirage, voici ce que tous mes guides m'ont toujours enseigné : « Les méditations et les postures que tu détestes le plus sont celles dont tu as le plus besoin. Les mantras auxquels tu résistes le plus sont ceux qui ont le plus à t'apprendre. » À vous, à présent, de décider ce que vous souhaitez faire de la synchronicité délivrée par la carte du mantra.

Choisissez comment vous souhaitez utiliser la carte

Une fois le texte du mantra lu, vous pouvez vous arrêter ici, conserver l'écho de la carte ainsi que son explication qui répond à votre question, puis fermer l'espace sacré en chantant trois fois le mantra de fermeture *Sat Nam* (un long *Sat*, un court *Nam*), ce qui signifie « la vérité est mon essence ». C'est aussi une manière de saluer la vérité de votre âme, bien au-delà de ce que vous croyez être. Pas de panique si vous n'avez pas envie de chanter après le tirage de la carte. C'est vous qui choisissez ce qui résonne pour vous.

Si vous souhaitez aller plus loin, vous pouvez utiliser la carte en méditant avec le mantra tiré au sort. Il vous suffit alors de chanter le mantra pendant 7 minutes d'affilée. Vous pouvez étirer la durée de cette pratique à 9, 11, 22 ou 31 minutes (aucun de ces nombres n'a été déterminé au hasard, ils résonnent avec les lois de la géométrie sacrée). Si vous ne savez pas sur quelle mélodie chanter le mantra et que vous êtes intimidé·e par la prononciation, n'hésitez pas à chercher une version musicale du mantra. Il en existe plusieurs dizaines – parfois des centaines – pour chaque mantra du jeu. Comment les trouver ? En tapant le nom du mantra dans n'importe quel moteur de recherche. Vous trouverez sur Internet des chants à écouter gratuitement, sur YouTube ou sur certains sites dédiés au yoga. Les plateformes de musique en ligne, à l'instar d'Apple Music, Deezer, Spotify ou SoundCloud, regorgent de mantras chantés. Le site allemand satnam.de/fr/ dispose également de nombreux albums que l'on peut acheter puis télécharger. Parmi les interprètes de mantras, je recommande les voix inspirantes de Simrit Kaur, Snatam Kaur, Nirinjan Kaur, Gurudass Kaur, Gurudass Singh, Alexia Chellun, Mirabai Ceiba, Beautiful Chorus ou encore Ajeet Kaur et Deva Premal. Cette liste est loin d'être exhaustive et, lorsque l'on commence à s'intéresser aux mantras, on ne cesse de découvrir de nouveaux trésors…

Chantez avec le cœur, pas avec le mental

Les explications données pour chaque mantra ne sont que des interprétations. Elles reposent évidemment sur des traductions, mais aussi sur la manière dont ces mantras m'ont été transmis et comment ils se sont inscrits dans ma vie. Je les pratique et les aime tous infiniment. Aucun livre, aucun enseignant ne sauraient rivaliser avec ce que peut vous apprendre la pratique régulière d'un mantra. Si vous chantez chaque jour le même mantra pendant 40 jours, il vous révélera quotidiennement de nouvelles vertus. Étudier la signification des traductions reste cependant passionnant. Mais essayez de ne pas chanter avec la tête en essayant de comprendre chaque mot. Chantez plutôt avec le cœur, en laissant le son vibrer dans votre ventre et remonter le long de votre colonne d'air. N'ayez pas peur d'écorcher les syllabes sacrées. De toute façon, à moins d'être né·e en Inde, il y a peu de chance que vous réussissiez à prononcer parfaitement les mots en gurmukhi ou en sanskrit. Contentez-vous de faire de votre mieux et d'utiliser votre langue en la frappant contre le palais à chaque fois que la prononciation des consonnes l'exige et en aspirant les mots qui commencent par un H : dans le kundalini yoga, on dit qu'il y a au moins 84 méridiens (points énergétiques) au niveau du palais. La langue et le son agiraient alors en synergie pour stimuler les glandes endocrines situées au-dessus du palais, ce qui leur permettrait d'ordonner la sécrétion d'hormones de soutien. D'après les yogis, la science des mantras n'est pas une vue de l'esprit mais une thérapie profonde qui change la biochimie du corps tout entier. Je n'ai pas d'instrument de mesure ni les compétences scientifiques pour le prouver, mais mon expérience m'a permis de mesurer combien mon état énergétique et émotionnel se trouvait profondément modifié après une méditation chantée. Faites-en l'expérience et vous pourrez vérifier par vous-même la puissance de ces chants millénaires. Une étude randomisée menée par l'université UCLA aux États-Unis en 2016 a d'ailleurs démontré l'efficacité du « kirtan kriya » (une pratique qui consiste à chanter les syllabes *Sa ta na ma* en pressant chacun de ses doigts tour à tour avec la pulpe du pouce) sur la connectivité fonctionnelle en relation avec les performances de mémoire verbale. Le centre de prévention américain contre la maladie d'Alzheimer continue aujourd'hui à recommander la pratique quotidienne de cette méditation issue du kundalini yoga.

Chantez sans réfléchir, comme si vous étiez à nouveau un·e enfant qui se moque des fausses notes et nourrissez-vous de votre propre son. Une fois la méditation terminée, fermez l'espace en chantant trois fois *Sat Nam*.

Comment se tenir et quel geste adopter pendant le chant ?

Chantez avec révérence en gardant la colonne bien droite, si possible en posture assise et en tailleur, les yeux fermés et la concentration au point entre les sourcils. Si c'est trop difficile pour vos genoux, restez assis·e sur le rebord d'une chaise, les pieds à plat. Si vous ne savez pas quoi faire de vos mains, vous pouvez les placer en gyan mudra sur les genoux (pouce et index joints par la pulpe des doigts), ou bien les poser au centre de la poitrine (main gauche sur la poitrine, puis main droite par-dessus la main gauche). Vous pouvez aussi placer vos mains en prière (les paumes pressées l'une contre l'autre) au centre de la poitrine en prenant soin de coller la tranche des pouces contre le sternum. Si vous souhaitez trouver des alternatives plus sophistiquées, tapez le nom du mantra dans la barre de recherche sur YouTube : des centaines de professeurs et de guides spirituels enseignent des méditations reliées au mantra. Un mantra comme *Wahe Guru Wahe Jio* dispose de très nombreuses possibilités méditatives. Selon les gestes qui accompagnent les chants, les mudras appliqués avec les mains, un même mantra va ainsi délivrer des bénéfices très variés. C'est seulement en les testant par vous-même que vous connaîtrez leur potentiel de guérison.

Quel est le meilleur moment pour méditer avec un mantra ?

Il n'y a pas de moment idéal. L'expérience nous montre que la méditation au réveil oriente considérablement le reste de la journée. Elle est encore plus savoureuse lorsque la ville et le soleil dorment encore. Cependant, nous n'avons pas tou·te·s la possibilité de nous lever à l'aube pour méditer, surtout quand on travaille tard la nuit ou bien que l'on doit s'occuper de jeunes enfants et les préparer pour l'école. À chacun·e d'adapter la méditation à son quotidien et de l'inscrire progressivement comme une habitude qui deviendra indispensable au fil des répétitions. Il n'y a pas d'heure pour honorer le sacré en soi ! Notez, en revanche, que certains mantras stimulent votre réserve en énergie vitale et ne favorisent pas l'endormissement si vous les chantez juste avant de vous coucher (ex : le son *Har,* qui se prononce avec un H aspiré, stimule tout particulièrement le troisième chakra dans la région du nombril : cela donne beaucoup d'énergie !).

SOMMAIRE

AAD SUCH JUGAAD SUCH

Retrouver la vérité universelle

Le mantra complet :
Aad such jugaad such hai bhai such nanak hosee bhai such.

Traduction : « Vrai au commencement. Vrai à travers les temps. Vrai ici et maintenant. Nanak l'a dit : "La vérité, toujours, sera." »

Même lorsqu'une majorité d'humains pensaient que la Terre était immobile et placée au centre de l'univers, elle était en mouvement. L'utilisation d'une lunette astronomique et l'écoute de son intuition ont permis à Galilée de confirmer la théorie géocentrique contre l'avis de ses contemporains : la Terre tourne bien autour du Soleil. Ce mantra cherche à vous remettre sur la voie de la vérité inconditionnelle, au-delà des avis changeants, des jugements et des circonstances extérieures. La vérité est. De quelle vérité vous êtes-vous éloigné·e ? Souvenez-vous des certitudes que vous aviez sur vous-même lorsque vous étiez adolescent·e. Souvenez-vous de toutes les fois où vous vous êtes identifié·e à une vision illusoire de la réalité, de tous les serments que vous avez fini par abandonner. Qu'est-ce qui était vrai de vous hier, qu'est-ce qui est vrai de vous aujourd'hui et le sera toujours demain ?

Ce mantra vous invite à prendre de la hauteur, à vous connecter à la connaissance absolue, celle à laquelle vous avez accès lorsque vous vous branchez sur le canal le plus élevé de votre conscience. Observez les signes que vous avez déjà reçus : votre conscience vous montre le chemin de la vérité afin que vous puissiez l'entendre et l'exprimer avec aisance, sans chercher à écraser l'autre. Connectée au cinquième chakra (vishudda, situé au niveau de la gorge), la loi de la vérité nous fait le cadeau de la communication la plus fluide et de la connaissance illimitée. Plus besoin de lutter ni de chercher à convaincre. À chaque fois que l'on se rapproche un peu plus près de la vérité, son rayonnement est si intense qu'il inspire par capillarité.

Pratique : chantez ce mantra pendant au moins 7 minutes, les mains en gyan mudra (pouce et index joints) pour vous rappeler « je sais que je sais ». Demandez à tous les maîtres de vous ouvrir la voie de la vérité. Et si vous ne croyez pas que vous êtes guidé·e ou si vous avez l'impression de ne jamais réussir à entendre leur message, visualisez des anges tout autour de vous qui écoutent votre chant.

Version musicale suggérée : *Aad Such* de Guru Shabad Singh Khalsa.

AADAYS TISAY AADAYS

La sagesse de l'humilité

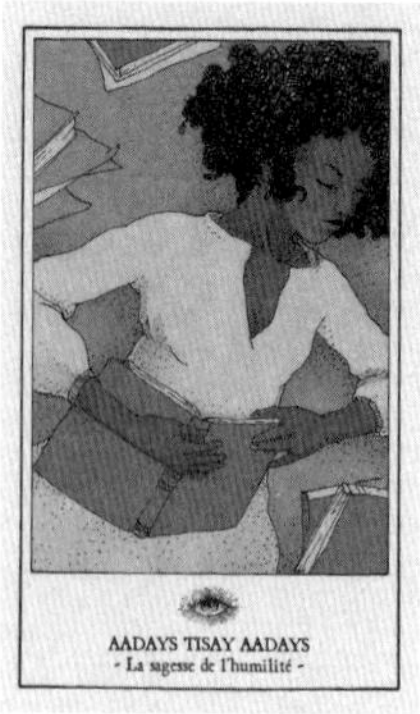

Le mantra complet :
Aadays tisai aadays, aad aneel anaad anaahat, jug jug ayko vays.

Traduction : « Je te salue, toi, l'infini. Je te salue encore et encore. Tu es primordial et immaculé. Tu ne connais ni commencement ni fin. Tu restes un et inchangé à travers les âges. »

Nous sommes tellement doué·e·s lorsqu'il s'agit de scénariser et d'anticiper négativement le futur. Les problèmes sur lesquels nous posons notre attention paraissent parfois si grands qu'aucune solution ne semble possible. À force de regarder la réalité par le prisme unique de notre nombril, nous devenons prisonnier·ère·s de nos illusions. Ce mantra issu du texte sacré baptisé *Japji* nous propose une autre voie. Celle de l'humilité et de la sagesse. Et si nous oubliions un instant tout ce que nous pensons connaître de nous-même et de notre vie sur terre pour nous aligner à l'infiniment grand ? Inutile d'être croyant·e ou de pratiquer la moindre religion pour se souvenir qu'à l'instant où vous lisez ces lignes, l'univers dont on ne peut définir les contours continue son expansion. La Voie lactée n'est qu'un îlot parmi d'innombrables galaxies. Saluer l'existence de l'infini est le plus court chemin pour prendre de la distance avec les films hollywoodiens que nous projetons sur les écrans de nos vies. Ce mantra nous propose de nous incliner devant la source de tout ce qui est, devant l'infinie création en expansion. On dit que sa fréquence vibratoire est celle de la sagesse absolue et qu'en le chantant, les peurs et les « petites histoires » se dissolvent dans l'immensité de ce qui n'a ni début ni fin. Il rend humble tout en donnant accès à une connaissance qu'aucun livre ne saurait contenir. C'est le mantra des leaders humbles et conscients, ceux qui ouvrent le chemin sans jamais abuser de leur pouvoir puisqu'ils savent qu'il découle de la Source.

Pratique : chantez ce mantra pendant une durée recommandée de 11 minutes en tendant les bras devant vous, les paumes tournées vers le sol, alignées avec les épaules. Sur le son *Aadays,* levez les bras tendus à 60 degrés vers le ciel, revenez à l'horizontal sur le son *Tisay,* puis relevez vers le ciel sur *Aadays*... Alternez ainsi pendant tout le chant les yeux fermés. Ce mouvement engageant physiquement active l'humilité.

Version musicale suggérée : *Aadays Tisay Aadays* de Snatam Kaur.

ADI SHAKTI NAMO NAMO
La puissance du féminin sacré

Le mantra complet :
Adi shakti adi shakti adi shakti namo namo
Sarah shakti sarah shakti sarah shakti namo namo
Pritham bhagvati pritham bhagvati pritham bhagvati namo namo
Kundalini mata shakti, mata shakti, namo namo.

Traduction : « Je m'incline devant l'énergie de vie, devant ce qui englobe à la fois la puissance et l'énergie, devant l'énergie que le divin utilise pour créer, devant le pouvoir de la kundalini, je m'incline devant la puissance de la mère divine. »

Telle une graine ensevelie sous terre, elle porte en elle tous les possibles. Elle contient la promesse de vie, la créativité nichée au creux du ventre des femmes, mais aussi la richesse d'une réserve naturelle préservée. Elle est le mystère et la magie. Elle est la force décuplée et insoupçonnée qui permet d'accoucher. Elle est la fougère recroquevillée qui se déploie avec majesté. Shakti est l'énergie du féminin sacré. Lovée à la base du triangle inférieur, elle n'est pas seulement réservée aux femmes. Cette puissance est d'une grande subtilité. Elle s'éveille avec grâce, à l'instar d'une déesse qui se mettrait à danser. Ce mantra, que l'on appelle aussi *Bhakti mantra*, n'a pas été aimanté par votre main par hasard. Il exige que vous honoriez l'énergie de vie nichée dans vos profondeurs. Il vous propose de vous réconcilier avec votre féminin (à ne pas confondre avec la féminité), à la lignée des femmes qui vous ont précédée, à votre écosystème et aux cycles vertueux de la nature qui vous entoure. Il vous demande de vous incliner devant la mère divine en vous. Quel projet devez-vous materner avec tout votre amour ? Ce mantra décuple la patience à l'instar de celle d'une mère qui, même lorsqu'elle est épuisée, aime sans condition son nourrisson et répète inlassablement les mêmes gestes. Prenez-vous soin de la créativité fertile qui vous traverse à chaque instant ? Trahissez-vous l'intuition féconde que vous recevez ? De quel pouvoir de déesse avez-vous besoin pour dépasser les peurs qui vous empêchent encore de vibrer pleinement votre féminin sacré ? Laissez le mantra vous offrir la réponse que vous attendez. Laissez ce mantra vous reconnecter à votre absolue puissance.

Pratique : ce mantra est composé de trois vers répétés trois fois, puis d'un dernier vers répété deux fois. Il existe de nombreuses communications célestes (gestes) pour accompagner le chant de ce mantra. Vous pouvez méditer 7 minutes au moins en plaçant votre paume droite tournée vers la terre au niveau du sternum, puis la paume gauche tournée vers le sol au niveau du thymus. Ressentez l'énergie de la terre captée par votre main droite, puis celle qui circule entre le chakra du cœur et le thymus dans votre main gauche.

Version musicale suggérée : *Adi Shakti* d'Aykanna.

AJAI ALAI

Se sentir invincible

Le mantra complet :
Ajai alai abhai abai, abhoo ajoo anaas akaas, aganj abhanj alakkh abhakkh, akaal dy-aal alaykh abhaykh, anaam akaam agaaha adhaaha, anaathay pramaathay ajonee amonee, na raagay na rangay na roopay na raykhay, akarmang abharmang aganjay alaykhay.

Traduction : « Invincible, indestructible, sans peur, inchangé, sans forme, non né, impérissable, éthérique, incassable, impénétrable, invisible, intact, éternel, miséricordieux, indescriptible, nu, sans nom, sans désir, insondable, incorruptible, indomptable, éliminateur, au-delà de la naissance, au-delà du silence, au-delà de l'amour, au-delà de la couleur, au-delà de la forme, au-delà du karma, au-delà du doute, indomptable et indescriptible. »

Lorsqu'il est aligné avec le cosmos tout entier, le pouvoir ne peut se dérober ni écraser l'autre. Ce mantra nous donne accès au véritable pouvoir : le pouvoir souverain et invincible. Inutile de se battre pour en jouir ni d'entrer en compétition avec les autres. Prendre conscience de l'existence de ce pouvoir à l'intérieur de nous permet de le reconnaître en chacun. Il est à l'opposé de toutes les narrations belliqueuses. Il ne répond à aucun système de domination ni de soumission. Le pouvoir véritable n'est pas celui de l'ego. Il se manifeste lorsque l'ego (le moi) accepte de se laisser traverser par la puissance de la conscience supérieure (le soi), elle-même reliée à la force incorruptible qui fait tourner les planètes et régit toute création cosmique. Acceptez-vous l'existence de ce pouvoir qui vous traverse ? Vous en êtes-vous éloigné·e au point de croire que vous êtes impuissant·e ? Vous sentez-vous menacé·e par le pouvoir d'autrui ? Craignez-vous son emprise ? Ou bien vous reproche-t-on de vous comporter en dictateur·rice lorsque vous dirigez ? Ce mantra rééquilibre les polarités autour du pouvoir qui ne peut pas vous être volé. Il vous permet d'incarner la force tranquille du lion et d'être entendu·e sans crier. Il aide à devenir un ouvreur de chemin humble et éclairé. Il sort de l'illusion de l'impuissance et de toutes les pensées négatives commençant par « je ne peux pas ». C'est tout l'inverse : je peux !

Pratique : il vous faudra un peu de patience et de rigueur pour apprendre ces syllabes sacrées qui peuvent être chantées les mains sur la poitrine, ou en gyan mudra (pouce et index reliés), posées sur les genoux. Chantez-le au moins durant 7 minutes et allongez la durée au fil de la pratique.

Version musicale suggérée : *Ajai Alai* de Guru Shabad Singh Khalsa.

ANG SANG WAHE GURU

Mon âme vibre en moi

Le mantra complet :
Ang sang wahe guru.

Traduction : « Dans chacune de mes cellules et en tout ce qui me constitue danse ma présence divine. »

Avez-vous déjà regardé une cellule de corps humain au microscope ? On croirait une petite usine parfaitement orchestrée, l'intérieur d'une montre de luxe ou encore un circuit électrique élaboré. Aucun ordinateur, aucune voiture de course, aucune technologie ne sauraient rivaliser avec le génie moléculaire niché dans chaque nanomètre cube du corps humain. Avez-vous déjà observé le nombre de figures fractales dans la nature, à la surface d'un coquillage, d'un chou romanesco ou encore d'un flocon de neige ? Le sacré est partout sous nos yeux. Dans l'infiniment grand comme dans l'infiniment petit. Comment pouvons-nous oublier cette magie qui vibre à l'intérieur de tout ce qui est ? À quel moment de votre vie avez-vous cessé de vous émerveiller devant cette magie ? Peu importe le nom que vous donnerez à ce génie : la conscience universelle, le cosmos, le divin, la source ou encore l'âme... Dès qu'on pose son attention sur le sacré, on prend alors conscience du fait qu'il se niche dans les moindres recoins, même derrière ce qui nous apparaissait laid au premier regard. Ce mantra exige que vous vous souveniez du sacré en vous. Il n'est pas d'espace dans votre corps ni dans votre champ électromagnétique qui ne soit traversé par ce génie universel. Il précède toutes vos perceptions. Il vous connecte à l'infini et à votre présence divine. Laissez le sacré danser à l'intérieur de vos cellules. Ouvrez-vous à l'extase de l'état d'être. Si vous vous sentez fragmenté·e, en état de séparation avec les autres, avec la nature ou avec vous-même, si vous avez l'impression d'être « plusieurs » à l'intérieur de votre tête, ce mantra va vous permettre de vous « ré »unir et de vous aligner avec l'infinie beauté de votre âme.

Pratique : posez votre paume gauche sur votre épaule droite, puis votre paume droite sur votre épaule gauche (le bras droit est donc croisé par-dessus le bras gauche). Chantez le mantra avec dévotion sur un ton monocorde, les yeux fermés, concentration à la racine du nez, pendant au moins 7 minutes sans quitter la posture des bras.

Version musicale suggérée : *Ang Sang Wahe Guru* de Mirabai Ceiba.

ANTAR NAAD MANTRA

La chance en toutes circonstances

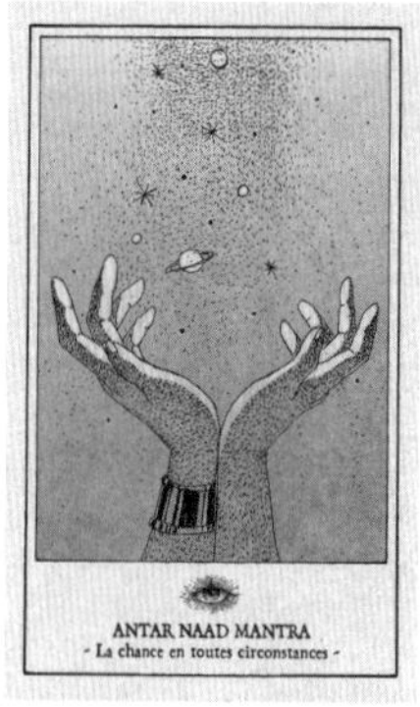

Le mantra complet :
Sa re sa sa, sa re sa sa, sa re sa sa,
sa rung, har re har har, har re har har,
har re har har, har rung.

Traduction : « Sa est le nom que l'on donne à la totalité de l'infini et *Har* est la manifestation du divin dans la matière. *Re* (qui se prononce "ré" en roulant le r) joue le rôle de jonction sonore et *Rung* (qui se prononce "rang") est le son qui permet de projeter ce lien entre *Sa* et *Har* vers l'extérieur. »

Vous venez de tirer la carte « chance » de cet *Oracle des mantras* ! Croyez-vous à votre chance ou bien pensez-vous qu'elle a déserté votre existence ? Ce mantra porte le nom d'*Antar Naad Mantra*, c'est-à-dire l'épicentre (*antar*) du son sacré (*naad*). La communication céleste qui accompagne traditionnellement ce chant (voir ci-dessous dans la description de la pratique) illustre parfaitement ce que ce mantra a à vous offrir. En ouvrant vos mains en lotus pour recevoir les cadeaux de l'infini, puis à les manifester dans la matière, vous acceptez de repérer toutes les opportunités à saisir. Le son de ce mantra est si puissant qu'il agit comme une médecine. Il nous relie à la sagesse enseignée dans le passé, le présent et celle que notre futur nous réserve. Il dissout toute forme de négativité et nous fait prendre conscience de la chance inouïe que nous avons d'être en vie. En plus d'amplifier la paix intérieure et notre aptitude à créer de l'abondance et de la prospérité au quotidien, l'*Antar Naad Mantra* enrichit notre communication verbale d'une vibration sacrée. On peut le chanter à chaque fois que l'on en ressent le besoin ou bien décupler son pouvoir en le ritualisant les soirs de pleine lune. La chance comme la malchance ne sont que des illusions. Dès lors que nous sommes reliés à la totalité de l'infini, la réalité que nous créons est à son image : illimitée en possibilités.

Pratique : le geste qui accompagne le chant se passe en deux temps. La première partie s'aligne sur le chant jusqu'à *Sa Rung*. Puis la seconde partie commence à *Har Re* et se termine sur *Har Rung*. Lors de la première partie, placez vos mains en prière devant le nombril. Commencez à chanter le mantra en dressant vos mains en prière en direction du point entre les sourcils. Lorsque les mains dépassent le sternum (chakra du cœur), commencez à les ouvrir en mudra du lotus. Ouvrez-les complètement lorsqu'elles sont au niveau du 3e œil. Deuxième partie : redescendez vos mains, du 3e œil vers le nombril, le dos des mains jointes l'une contre l'autre. Puis reprenez pendant au moins 7 minutes.

Version musicale suggérée : *Sa Re Sa Sa* de Nirinjan Kaur.

AAP SAHAEE HOA

Traverser sans peur

Le mantra complet :
Aap sahaee hoa, sachay da, sacha doa, har har har.

Traduction : « Toi, l'Infini Créateur, tu es mon refuge. Ton soutien est véritable. Tu es l'infinie source de création. »

Lorsque les épreuves émergent, la peur de l'inconnu est le premier réflexe du mental. Cette faculté d'anticiper les pires situations que le futur pourrait nous réserver ne nous en préserve pas. Au contraire, imaginer les potentialités les plus catastrophiques finit par nous dévorer, nous fait perdre nos moyens et nous pousse aux comportements les plus irraisonnables. La peur est une émotion dont la fréquence vibratoire basse va attirer à elle des situations et des rencontres en résonance avec elle. Pourtant, il existe un terrain calme et neutre en nous, à distance des épreuves, auprès duquel on peut prendre refuge. Cette zone n'a pas de contour. Elle est directement reliée à l'infinie source de création présente dans l'univers tout entier. Ce mantra nous rappelle que nous sommes soutenus par une force plus grande que nous. En sentant le soutien de notre conscience supérieure en expansion permanente qui est elle-même reliée avec le cosmos, l'animosité comme la peur de l'inconnu se dissolvent. *Aap Sahaee Hoa* est le mantra de la victoire. Il éloigne les ennemis et nous sort des situations les plus délicates. On peut le chanter lorsqu'on traverse des difficultés personnelles mais aussi lorsqu'on est sur le point de passer un examen scolaire ou un entretien important. Il nous rappelle qu'il suffit de prendre refuge quelques étages au-dessus du mental pour désamorcer tout ce que l'on redoutait. Reprenez confiance, la victoire est déjà là.

Pratique : il existe de nombreux gestes pour accompagner ce mantra. On peut le chanter avec simplicité, les mains posées sur les genoux en gyan mudra (pouce et index joints). Vous pouvez également chorégraphier votre propre communication céleste en levant les bras en V vers le ciel et en créant les mouvements inspirés par le son. L'important est de bien marquer chaque *Har* en prenant soin d'aspirer le H et de vibrer le son au creux du ventre.

Version musicale suggérée : *Aap Sahai Hoa* de Gurudass Kaur et Guru Dass Singh.

ARDAS BHAEE

L'écoute des guides et des anges

Le mantra complet :
Ardas bhaee, amar das guru, amar das guru, ardas bhaee, ram das guru, ram das guru, ram das guru, sachee sahee.

Traduction : « Votre prière a été adressée à Guru Amar Das. Votre prière est concrétisée par Guru Ram Das. Le miracle est accompli. »

L'exercice de la prière n'est pas réservé aux croyants ni à ceux qui ont été éduqués dans le culte religieux. Lorsque la demande vient de l'espace du cœur et qu'elle est formulée avec authenticité et humilité, les miracles apparaissent même dans les situations les plus désespérées. Ce mantra est la prière des prières. La vibration de ce chant agit comme un numéro de téléphone secret nous mettant en lien direct avec nos anges, nos guides, les êtres de lumière, les maîtres ascensionnés ainsi qu'avec la présence divine de nos proches disparus. Ce mantra fait appel au troisième guru sikh, Guru Amar Das, qui redonne espoir à ceux qui l'ont perdu. La prière est ensuite adressée au quatrième guru sikh, Guru Ram Das. Yogi Bhajan qui a introduit le kundalini yoga aux États-Unis à la fin des années 1960 disait au sujet de la deuxième partie du mantra qu'il agit comme si Guru Ram Das scellait la demande, comme s'il tamponnait le timbre posé sur l'enveloppe de notre

prière afin que le miracle de la réponse se manifeste instantanément dans la matière. Saurez-vous le voir ?
Quand avez-vous fait la demande de soutien pour la dernière fois ? Entretenez-vous une relation régulière avec ceux qui vous accompagnent dans l'invisible ou vous êtes-vous fermé·e·s à l'existence des miracles et des anges ? Pensez-vous que vous êtes seul·e et que personne ne vous entend ? Avec cette carte, vos anges et vos guides vous rappellent qu'ils sont à votre écoute et à votre service pour vous aider à élever votre conscience. Osez leur faire une demande en plaçant votre attention au centre de votre poitrine, dans la pureté du chakra du cœur. Les solutions miraculeuses sont déjà en chemin vers vous.

Pratique : ce mantra peut être chanté les mains posées au centre de la poitrine (main gauche posée sur le sternum et main droite par-dessus) pendant 7, 11 ou 31 minutes. Vous pouvez également le chanter en entrelaçant les doigts en fermeture de Vénus, le pouce gauche croisé par-dessus le pouce droit pour les femmes, le pouce droit par-dessus le pouce gauche pour les hommes. Pliez les coudes et placez-les le long des côtes, les mains entrelacées se trouvent devant le sternum. Les yeux sont fermés, l'attention posée à la racine du nez. Vous pouvez aussi les ouvrir à un dixième en louchant sur le bout du nez.

Version musicale suggérée : *Ardas Bhaee* (Extended Version) de Sunni.ai.

CHATTRA CHAKKRA VARTI

Le courage illimité

Le mantra complet :
Chattra chakkra varti, chattra chakkra bhugatay, suyambhav subhang sarab daa saraab jugatay, dukaalan pranasee, diaalang saroopay, sadaa ang sangay abhangang bibhutaay.

Traduction : « Tu t'étends dans les quatre directions. Tu es le maître des quatre directions. Tu génères la lumière par toi-même. Tu es uni avec l'univers tout entier. Destructeur des peines de l'existence, incarnation de la compassion, tu es toujours en moi, le donateur éternel de pouvoirs invincibles. »

Ces quatre dernières lignes, issues du texte sacré *Jaap Sahib*, recèlent un pouvoir démesuré. Pas seulement grâce à ce qu'elles signifient et à l'affirmation positive qu'elles ancrent dans nos fibres. La prononciation de ce mantra (« tchatra tchakra varti... ») nous oblige à frapper vigoureusement la langue à plusieurs endroits du palais. Cette stimulation tactile couplée à la vibration du son agirait comme la composition d'un code qui permet d'ouvrir un portail verrouillé. Les yogis disent même que ce tapotement induirait une sécrétion d'hormones de soutien via les glandes endocriniennes situées au cœur du cerveau, au-dessus et à l'arrière du palais. Ce mantra dissout la peur et l'anxiété. Il libère de la dépression et des anticipations négatives. C'est la prescription idéale en cas de phobies récurrentes ou de terreurs irrationnelles. Ce chant offre la grâce du funambule suspendu au-dessus du vide, avançant sans crainte le regard ouvert vers l'horizon, la poitrine haute et stabilisée par sa perche horizontale. Peu importe qu'une mare aux crocodiles affamés soit le réceptacle d'une chute potentielle. Le funambule danse sur son fil avec confiance et grâce. Lorsqu'on se sent menacé·e, attaqué·e ou bien qu'on a l'impression qu'on n'a pas assez de forces pour amorcer un grand changement de vie en lien avec nos valeurs profondes, ce mantra nous donne le courage d'avancer. Le courage n'est que l'expression d'un cœur ouvert et à l'œuvre. Retrouvez l'intrépidité de l'enfant qui ne connaît pas le danger, renouez avec sa joie de vivre et d'explorer.

Pratique : chantez ce mantra durant au moins 11 minutes pour stimuler le système endocrinien, les mains en gyan mudra posées sur les genoux. Autre option : en tailleur, pliez les coudes de façon que les paumes soient étirées à l'horizontal, tournées vers le ciel comme des plateaux prêts à recevoir, les avant-bras et les mains vers l'avant. Dessinez de petits cercles vers l'intérieur avec les avant-bras tout en chantant les yeux fermés. Observez votre courage augmenter au fil de la pratique.

Version musicale suggérée : *Chattra Chakkra Varti* de Renato Motha et Patricia Lobato.

DHARTI HAI AKASH HAI

Vibrer sa pleine présence

Le mantra complet :
Dharti hai akash hai guru ram das hai.

Traduction : « La terre est. L'éther est. Guru Ram Das est. »

Êtes-vous vraiment présent·e à vous-même ? Êtes-vous en contact avec vos émotions ? avec vos sensations physiques et vos douleurs sourdes ? Êtes-vous conscient·e des pensées qui vous traversent par milliers à chaque battement de cils ? La carte de ce mantra exige que vous amplifiiez votre présence en cessant de fuir ce qui est. Il est temps de ressentir l'instant présent. Parfois, c'est au cours d'un massage que l'on découvre une tension aiguë que l'on ignorait et que l'on portait depuis des mois. D'autres jours, c'est une situation extérieure qui nous permet de réaliser que nous couvions une colère oubliée ou un chagrin insondable. En fuyant ces sensations inconfortables, nous ne leur permettons pas de se transformer. C'est en ressentant ce qui est stagnant que l'on peut remettre en mouvement et dissoudre. Ce mantra que l'on appelle aussi *Isht Sodhana Mantra* nous ancre dans le présent. Il nous connecte à l'énergie de la terre sous nos pieds, à sa puissance, à son magnétisme et aux éléments qui la constituent. En chantant que la terre « est », nous reprenons avec humilité notre place d'humain au sein de l'humus. En nous privant des messages envoyés par notre corps, comment pouvons-nous espérer être en lien avec la nature ou avec notre planète ? Le deuxième vers du mantra nous demande de reconnaître l'existence de l'*akash*, c'est-à-dire le cinquième élément : l'éther. C'est le plus subtil des éléments. On le caricature souvent en disant qu'il est le vide et l'espace, mais il est bien plus encore. Dans ce mantra, la reconnaissance de son existence nous amène à reconnaître ce qui nous dépasse, bien au-delà de l'atmosphère terrestre. Au fil du chant, le mantra nous fait grimper l'échelle de subtilité : en identifiant ce qui se déroule dans la matière de notre corps physique, en nous reliant à la terre, nous obtenons des informations sur nos émotions et nos pensées limitantes. La conscience s'élève vers le ciel et l'infiniment grand. Nous cessons alors de fuir et vibrons notre pleine présence.

Pratique : avant de commencer à chanter, visualisez un paysage terrestre inspirant. Asseyez-vous en tailleur et imaginez le sol sur lequel vous êtes posé·e : peut-être un rocher en haut d'une montagne ou bien une clairière dans une forêt ? Puis visualisez un ciel étoilé au-dessus de votre crâne. Les mains en gyan mudra posées sur les genoux (pouce et index joints), chantez en visualisant le sol sur « Dharti Hai », le ciel sur « Akash Hai » et le temple de votre cœur au centre de la poitrine sur « Guru Ram Das Hai ». Durant minimum 7 minutes.

Version musicale suggérée : *Dharti Hai* de Gurunam Singh (featuring Simrit).

GATE GATE PARAGATE

Accepter l'impermanence

Le mantra complet :
Gate gate paragate parasamgate, bodhi svaha.

Traduction : « Aller, aller, aller au-delà, aller totalement vers l'autre rive, que l'éveil soit ! »

Ce mantra est issu de la tradition bouddhiste et vous auriez tort de vous contenter de sa traduction littérale pour en saisir le sens. On dit que c'est le mantra de la perfection de la sagesse car il conclut le sutra du cœur, soit l'essence de la Prajnaparamita, la déesse qui incarne la sagesse suprême. Ce texte court concentre un nombre invraisemblable d'enseignements sacrés. Le mantra *Gate Gate* vient le sceller. Avez-vous peur du changement ? Restez-vous agrippé·e à ce que vous croyez détenir en craignant de le voir s'évanouir ? Passez-vous votre temps à tenter de figer vos souvenirs, votre corps ou les situations que vous vivez en espérant pouvoir revenir en arrière ou ne plus évoluer ? L'univers est en mouvement permanent. Tout comme chacun d'entre nous. Seul le présent nous appartient pleinement. Tout ce qui a été nous a déjà échappé à la seconde écoulée. L'impermanence est le principe même de l'existence. L'accepter demande une grande sagesse et constitue la seule voie vers l'éveil de la conscience. Nous sommes en permanence en mouvement entre deux rives. Rien ne nous appartient, ni les biens matériels qui peuvent tous disparaître, ni les humains qui ne sauraient être la propriété de quiconque. Pas même nos enfants, qui ouvrent chaque jour un peu plus grand leurs ailes pour prendre leur envol. Tout nous est prêté pour une durée que nous ne connaissons jamais à l'avance. Ainsi, nous identifier à nos sensations dans la matière, à nos perceptions de ce que nous croyons être la réalité est un leurre. Pourquoi s'identifier à une situation déjà révolue ? L'acceptation de l'impermanence peut être enseignée, dans la vie, par le deuil ou la perte soudaine de quelque chose auquel on était attaché. Ce mantra soulage la peine et nous ouvre à la forme la plus élevée du Nirvana : l'expansion de notre conscience qui ne cesse de se mouvoir. Il est temps de relâcher ce à quoi vous êtes agrippé·e : vous ne pouvez retenir une planète en orbite, vous ne pouvez échapper à votre destinée.

Pratique : ce mantra peut se chanter les mains en dharmachakra mudra : joignez le pouce et l'index de chaque main. Puis tournez la paume de la main gauche vers le cœur ; la paume de la main droite regarde vers l'avant. Reliez pouce et index de la main droite avec le majeur de la main gauche. Chantez 108 fois d'affilée le mantra à l'aide d'un mala (un collier de méditation portant 108 perles) ou chantez-le pendant 7 ou 11 minutes pour commencer.

Version musicale suggérée : *Gate Gate Paragate Parasamgate Bodhi Svaha* de Joe Panzetta.

GAYATRI MANTRA

Puisse le soleil guider mes pas

Le mantra complet :
Om bhur bhuvah svaha, tat savitur varenyam, bhargo devasya dhimahi, dhiyo yonah prachodayat.

Traduction : (chaque mot sacré mériterait à lui seule une page entière, il existe donc de nombreuses traductions et interprétations de ce mantra) : « Je me connecte à la totalité de ce qui est, à l'énergie créatrice et universelle, à la source de lumière qui crée tous les mondes – physique, mental et spirituel. Puisse la splendeur du soleil dont tu es la source inspirer mon esprit, puisse-t-elle me conduire à l'intelligence divine, à l'intelligence des actions menées par le cœur. »

Le tirage de cette carte appelle la puissance de la lumière dans votre vie. Celle du soleil qui réchauffe la peau comme les cœurs meurtris. Celle de toute source de lumière en nous et autour de nous. Souvent surnommé « la gayatri », ce mantra en sanskrit est issu de la tradition hindouiste. Il remonte au Rig-Veda, c'est-à-dire entre 900 et 1 500 ans avant Jésus-Christ. Chanté, célébré, interprété et récité à travers le monde et dans toutes les cultures, il marque le début de nombreux cours de yoga au lever du soleil.

Vous avez beaucoup porté sur vos épaules ces derniers temps et vous vous êtes retrouvé·e pris·e au piège du monde matériel. Vos ombres ont colonisé votre espace et sont arrivées à maturité afin que vous puissiez les regarder sans vous juger, avec bienveillance et distance. Le gayatri mantra vous offre toute la lumière dont vous avez besoin pour retrouver de la hauteur. Laissez le soleil vous hisser vers le ciel. Laissez le soleil ainsi que toute source de lumière dans le cosmos vous montrer à quel point vous êtes vous-même un soleil. Laissez le soleil vous inspirer : il n'a rien à faire pour exister. Il est. Il ne cesse de briller, qu'il soit caché par les nuages ou noyé dans la tempête. La carte de ce mantra vous invite à devenir aussi rayonnant·e que l'étoile gigantesque que vous êtes. En le chantant, vous rechargez toutes vos fibres en lumière, les illusions du monde matériel vous apparaissent évidentes et vous gagnez en éveil spirituel. C'est alors que vos actions pourront servir votre plus haut potentiel tout comme celui du collectif.

Pratique : ce mantra est traditionnellement chanté 108 fois d'affilée (le chiffre qui correspond à l'infini) avant le lever du soleil ainsi qu'à son coucher. Commencez par en faire l'expérience assis·e en tailleur, les mains en gyan mudra (pouce et index joints) le matin, juste après avoir fait quelques salutations au soleil. Son effet n'en sera que décuplé.

Version musicale suggérée : *Light of your Grace* de Sam Garrett.

GOBINDA GOBINDA HARI HARI

Le soutien à toute épreuve

Le mantra complet :
Gobinda gobinda hari hari.

Traduction : « J'appelle la force qui me soutient, je manifeste le soutien dans la matière. »

Imaginez un aventurier spéléologue. Bien décidé à traverser la grotte dans laquelle il s'est engouffré sans la moindre aide extérieure, il avance depuis plusieurs jours en rampant dans la pénombre vers une sortie qu'il espère proche. Le chemin est plus étroit qu'il ne l'avait imaginé et des pierres se sont écroulées sur son passage, le privant d'un retour potentiel en arrière. Affamé, désespéré, il n'a plus d'autre choix que de demander le soutien de l'invisible car aucun humain ne peut l'entendre là où il se trouve. Il en appelle aux forces cosmiques en lui et autour de lui, celles qui le soutiennent en toutes circonstances (Gobinda) afin qu'elles lui permettent de manifester son ingéniosité dans la grotte. Telle une graine portant l'espoir et le renouveau, le son *Hari* ne se contente pas de l'inspirer : il évoque le divin matérialisé dans l'action. En chantant ce mantra, le soutien auquel on ne croyait plus traverse notre esprit, notre corps comme notre mental. Puis il émerge de façon concrète. Le spéléologue saura ainsi tourner au bon endroit et dénicher un puits de lumière, une source d'eau pure et de quoi grimper à la paroi pour rejoindre la surface. Autorisez-vous à chanter authentiquement et à dire que vous avez besoin d'aide et de soutien. Ces syllabes sacrées vont vous permettre de ressentir à nouveau le courant divin circuler et ouvrir le chemin. En le chantant, on retrouve sa sécurité intérieure et l'on ne dépend plus de l'extérieur pour nous sauver. Les solutions inattendues émanent comme par magie et nous identifions à nouveau toutes les opportunités qui s'offrent à nous. Il ne reste plus qu'à ouvrir les yeux et être attentif·ve aux miracles. Ce mantra est idéal lorsqu'on opère de grands changements de vie personnelle ou professionnelle.

Pratique : croisez vos mains et posez-les sur votre buste (main gauche en dessous, main droite au-dessus) de façon que le croisement des poignets se situe au niveau du sternum. Rentrez le menton en inclinant légèrement la tête vers l'avant. Ressentez la sécurité absolue qui vous soutient au centre du cœur et chantez le mantra pendant 11 minutes.

Version musicale suggérée : *Gobinda Gobinda Hari Hari* de Snatam Kaur.

GURU GAITRI MANTRA

Sortir de la négativité

Le mantra complet :
Gobinday mukanday udaray aparay hariang kariang nirnameh akameh.

Traduction : « L'énergie qui me soutient, celle qui me libère, l'énergie qui m'illumine, qui me connecte à l'infini, celle qui peut tout éliminer sur son passage, celle qui peut tout créer, celle qui n'a pas de nom et qui n'a pas de désir. »

Un voyageur entre dans la voiture d'un taxi à l'aéroport. Son avion a eu du retard. D'ailleurs, il était installé à côté d'une personne dégoulinante de sueur qui prenait toute la place sur l'accoudoir. Le plateau-repas était d'origine douteuse et la climatisation beaucoup trop forte. Le voilà qui rumine ses mésaventures auprès du chauffeur de taxi qui se plaint à son tour du manque de civisme des automobilistes qui mettent la vie des autres en danger. Désormais coincés dans les embouteillages, l'énergie de la plainte a été supplantée par une irritation palpable à l'avant comme à l'arrière de la voiture. Le passager se met à reprocher l'itinéraire peu convaincant emprunté par le chauffeur qui s'énerve à son tour... Comment retrouver la voie d'une fréquence vibratoire élevée lorsque nous sommes piégés dans la négativité ? Ce mantra décliné en huit mots – le chiffre huit étant connecté à la vibration de l'infini – vide les poubelles du subconscient, ce cellier dans lequel on accumule toutes nos « pensées déchets ». Sortez de votre négativité et reprenez conscience de la force qui vous accompagne à chaque instant : elle vous soutient, elle vous libère, elle vous illumine, elle vous permet de vous connecter à l'infini, elle élimine le dioxyde de carbone et tous les déchets de votre corps, elle crée des cellules fraîches à chaque nouvelle seconde, elle n'a pas de nom et n'a même pas besoin de désirer pour agir. Le *Guru Gaitri Mantra* nous rappelle les qualités de notre essence divine. Il dissout les blocages, purifie notre empreinte énergétique et stoppe les ruminations. On dit même qu'il équilibre les deux hémisphères du cerveau. Il est temps de sourire à la vie !

Pratique : sur *Gobinday*, pliez les coudes et serrez les poings vers le ciel, sur *Mukanday* tendez les doigts écartés et les bras tendus en V, sur *Udaray* formez un arceau en rejoignant le bout de vos doigts au-dessus de votre tête, sur *Aparay* joignez la base des poignets en dessous du menton en écartant les mains en V, sur *Hariang* tendez les bras les paumes tournées vers le sol devant vous, sur *Kariang* dans la même posture tournez les paumes vers le ciel, sur *Nirnameh* les bras toujours tendus joignez les mains en prière, sur *Akameh*, ramenez vos mains en prière contre le sternum.

Version musicale suggérée : *Gobinday Mukanday* de Sada Sat Kaur.

GURU RAM DAS MANTRA

Le « je » au service du « nous »

Le mantra complet :
Guru guru wahe guru, guru ram das guru.

Traduction : *Guru* est la sagesse obtenue lorsqu'on passe de l'ombre (*gu*) à la lumière (*ru*). *Wahe* est un cri d'extase qui pourrait ressemblait au « wow » utilisé par les anglophones. Guru Ram Das est le quatrième des gurus sikhs. Son nom signifie « servant du divin ». On peut donc interpréter ce mantra de la façon suivante : « La sagesse est l'extase ultime. J'en appelle à la sagesse d'or de Guru Ram Das. Je me mets au service de l'infini. »

Ce mantra est un nectar. Un miel éternel. Une coupe d'or liquide. Au début des années 1970, alors qu'il est de retour en Inde après avoir introduit le kundalini yoga aux États-Unis, le maître Yogi Bhajan décide de se rendre avec quatre-vingt de ses élèves américains dans la cité religieuse sikh d'Amritsar, là où Guru Ram Das s'est éteint au XVIe siècle. Une nuit, alors que le voyage ne se passe pas comme prévu et que les problèmes s'accumulent, il canalise ce mantra. Le groupe d'élèves et leur maître se mettent aussitôt à le chanter au cours de leur pratique du matin (sadhana). Le séjour prend une autre tournure et tous les blocages apparents disparaissent dans la fréquence de cette méditation. Le chant donne accès à une source illimitée d'amour et d'humilité. Une fois qu'on se connecte à elle, on comprend qu'elle n'a jamais été à l'extérieur de nous. Cet espace sans contour dissout le manque en conduisant au plein. L'expérience est si nourrissante que le Soi n'a plus qu'un objectif : partager cet amour illimité et se mettre au service du collectif à l'instar d'une abeille. Ce mantra nous fait passer du « je » au « nous ». Avec lui, on sort de l'illusion du manque et l'on se sent suffisamment rempli pour aider, soutenir et partager sa joie. Il ne s'agit pas d'un service sacrificiel : comme en avion, on ne peut aider ses voisins à mettre leur masque à oxygène seulement après avoir revêtu le sien. Le service authentique n'attend rien en retour, ni remerciement, ni gloire, ni validation. Il ne peut exister que lorsqu'il est porté par une intention d'amour sans condition. Si c'est la peur du manque qui guide l'action, alors on ne fait grandir que la blessure de l'ego. Quelle est l'énergie qui guide vos actions ? Ce mantra vous propose de goûter au nectar infini puis de montrer le chemin afin que tous ceux qui vous entourent et qui ne sont qu'une extension de vous-même puissent à leur tour vibrer du même amour...

Pratique : placez vos mains sur le sternum, au niveau du chakra du cœur, main gauche d'abord, main droite par-dessus et chantez le mantra pendant 7 minutes au moins. Lorsqu'il conclut les chants de la « sadhana du verseau », on ne le chante que 5 minutes.

Version musicale suggérée : *Guru Ramdas* de The Daleeps.

HAR HAR HAR HAR GOBINDAY

La corne d'abondance

Le mantra complet :
Har har har har gobinday, har har har har mukanday, har har har har udaray, har har har har aparay, har har har har hariang, har har har har kariang, har har har har akameh, har har har har nirnameh.

Traduction : le *Guru Gaitri Mantra* (voir page 44) est ici enrichi du son *Har* répété quatre fois. *Har* est le nom donné au divin (ou à l'infini) dans sa forme manifestée.

Avez-vous déjà essayé de compter les étoiles présentes dans le ciel une nuit d'été ? Ou le nombre de flocons qui nappent quelques mètres carrés d'un sommet enneigé ? L'abondance est l'un des principes universels qui régit à la fois le cosmos en expansion permanente, la nature que nous connaissons sur notre planète comme notre corps humain qui produit constamment de nouvelles cellules. L'abondance ressemble au courant d'une rivière. Même si on le détourne avec un barrage ou d'énormes rochers, le flot continue d'exister. Nous ne sommes pas séparés de l'univers sans contour dans lequel nous sommes baignés. Or, si sa caractéristique première est d'être infini, comment pourrions-nous ne pas être, à son image, des êtres créateurs d'infinies possibilités ?

Surnommé *The Magnificent Mantra* (le mantra magnifique), ce texte délivre une fréquence qui nous reconnecte au flot continu de l'abondance. Il nous permet de dépasser les croyances limitantes au sujet de l'argent et de la prospérité, toutes ces petites phrases paralysantes qui nous ont été inlassablement répétées, formant des rochers gigantesques sur le cours de notre rivière. Prenez refuge dans la nature et observez-la : l'abondance est partout autour de vous. Il y a assez pour vous. Il y a assez pour chacun. Inutile de se battre pour acquérir ou d'accumuler. Le manque est une illusion. Pourquoi refuser l'abondance à laquelle vous avez droit ? Quelles sont les pensées moralisatrices qui vous empêchent de recevoir ou de donner ? Laissez ce mantra démultiplier les opportunités de richesse et de prospérité qui s'offrent à vous. Observez votre joie lorsque vous magnétisez cette fréquence. Abondance de rêves, abondance de créativité, abondance d'amour, abondance de santé : laissez les trésors pleuvoir par milliers !

Pratique : pliez les coudes et redressez les poings serrés à hauteur des épaules. Ouvrez les mains en déployant les cinq doigts sur chaque *Har* et refermez-les entre chaque *Har*. Prenez soin de vibrer le son *Har* dans le ventre en aspirant chaque H et en frappant le palais lorsque vous roulez le R (comme si vous prononciez « de » à la fin). Les mains restent ouvertes à la fin de chaque phrase sur *Gobinday, Mukanday*... Visualisez l'abondance qui se démultiplie avec les mouvements de vos doigts. 11 minutes.

Version musicale suggérée : *Har Har Har Har Gobinde* de Guru Prem Singh Khalsa & Nirinjan Kaur (album *White Tantra Yoga Volume I*).

HAR HARE HARI WAHE GURU

Le flot de la créativité

Le mantra complet : Har hare hari wahe guru.

Traduction : *Har* est un son qui désigne l'essence du divin sous sa forme manifestée dans la matière. Ici, elle est déclinée sous trois formes, comme s'il réunissait à la fois la graine, la sève et la plante fleurie tout entière sortie de terre. Lorsque ces trois principes apparaissent simultanément, alors on ne peut que pousser un cri d'extase et d'enchantement : *Wahe Guru* !

On s'imagine parfois que la créativité est réservée aux artistes ou à ceux qui travaillent avec leurs mains. Pourtant, elle se manifeste constamment dans les moments les plus anodins du quotidien. Elle surgit comme une première pousse qui écarte la terre pour se frayer un chemin vers le soleil. Elle est la solution lumineuse qui traverse notre esprit lorsque nous sommes bloqués devant un dossier qui semble impossible à régler. Elle est ce qui nous pousse à ajouter une épice inconnue dans un plat traditionnel pour la première fois. La créativité est un flot. Elle ne cesse jamais de s'écouler mais on peut se fermer à la recevoir. Dès lors que l'on commence à se comparer, que l'on place des attentes démesurées derrière nos actions, la source semble se tarir et l'on se retrouve face à une page blanche aussi sèche que le désert de Gobi. Lorsqu'ils sont encore petits et peu conditionnés, les enfants sont perpétuellement nourris par cette créativité. Ils dessinent, collent, inventent des histoires, patouillent et chantent sans se questionner. Le seul baromètre qui les guide est leur soif de joies simples. Si vous avez l'impression de manquer d'idées, de ne plus voir les solutions, si vous croyez que la créativité vous fait défaut et que vous n'arrivez plus à vous connecter à la joie enfantine que vous ressentiez en plongeant un pinceau dans la gouache, chantez ce mantra ! Ressentez la puissance du courant sonore qui agit en faisant l'effort de bien aspirer la consonne H en rentrant le ventre et de vibrer chaque syllabe dans le nombril. Ce mantra donne envie de vivre de nouvelles expériences, de cuisiner, de peindre, d'écrire, de se lancer dans la photographie, de dresser une jolie table, de composer un bouquet, de faire un collage, de trouver une formule mathématique ou d'essayer une tenue pleine de fantaisie. La créativité ne connait ni frontière ni limitation. Elle protège de tout puisqu'elle permet de traverser tous les blocages. À vous de la laisser vous submerger.

Pratique : formez une coupe avec vos deux mains en tournant leur paume vers le ciel et en reliant la tranche du bout des auriculaires jusqu'à la base des mains. Placez cette coupe imaginaire devant la poitrine, les coudes pliés et reposant le long des côtes. Les yeux fermés, chantez le mantra pendant au moins 7 minutes en visualisant le flot de votre créativité se déversant en cascade entre vos mains.

Version musicale suggérée : *Har Haray Haree Wahe Guru* de Simran & GuruPrem & Hari Bhajan Kaur.

HARI NAM SAT NAM HARI

De la clairvoyance à la manifestation

Le mantra complet :
Hari nam sat nam hari nam hari, hari nam sat nam sat nam hari.

Traduction : *Hari nam* désigne le flot créatif de la vie. *Sat Nam* est l'essence de la vérité.

Ce mantra agit comme une boule de cristal. Il appelle la force de la créativité – *Hari Nam* – à s'unir à l'essence de la vérité – *Sat Nam* – afin de nous offrir l'intuition dont nous avons besoin pour retrouver la direction juste. Nous avons accès à la vérité de l'état d'être en permanence. Mais dès lors que nous nous éloignons de ce centre transparent, notre vision s'embrouille dans le labyrinthe de nos pensées, de nos émotions et des avis extérieurs. Le guide spirituel jamaïcain Mooji utilise une analogie pour parler de ce désaxement : en voiture, lorsque vous conduisez, si vous commencez à focaliser votre attention sur le mouvement des essuie-glaces, sur la pluie qui ruisselle à la surface du pare-brise ou sur les cris des enfants à l'arrière, vous n'êtes plus en mesure de voir le tracé de la route devant vous ni d'anticiper la direction à prendre. Ce mantra, qui se récite trois fois d'affilée sur une seule expiration, coupe instantanément le bruit extérieur et nous ramène au centre de nous-même. Il est dit qu'il apporte intuition et prospérité car, en nous reconnectant à la fréquence vibratoire de notre essence, nous retrouvons nos « super »-pouvoirs. Ainsi, alors que nous ne savions plus si nous devions accepter cette offre d'emploi, déménager, s'éloigner d'une personne qui nous a blessé ou au contraire nous rapprocher de celle qui nous aimante, la vision s'éclaircit. Nous savons et au fond nous avons toujours su. L'intuition apparaît aussi clairement qu'à travers un cristal. D'ailleurs, la perspective de la décision juste dissout miraculeusement les tensions du corps physique et confirme notre clairvoyance. Retirez le voile poussiéreux qui vous empêche de voir clair, cessez de demander l'avis aux uns et aux autres pour savoir quelle route prendre et alignez aussitôt vos décisions avec l'écho du message reçu.

Pratique : ramenez la main gauche devant le sternum, la paume tournée vers le sol, les doigts vers la droite, l'avant-bras parallèle au sol. Posez la paume de la main droite sur le dos de la main gauche. Vous formez ainsi une ligne parallèle au sol avec vos avant-bras, alignée avec le sternum. Inspirez profondément et chantez trois fois le mantra en entier sans reprendre votre souffle. Les yeux sont ouverts à un dixième ou pointés vers le bout du nez.

Version musicale suggérée : *The Crystalline Path* : *Hari Nam Sat Nam* d'Ashana.

I AM A PERFECT BEING OF LIGHT

Se libérer du perfectionnisme

Le mantra complet :
I am a perfect being of light
I have the power to live my life.

Traduction : « Je suis un être de lumière absolument parfait. J'ai le pouvoir de vivre ma vie. »

Pourquoi courir après la perfection si l'on est déjà un être résolument parfait tel que nous sommes ? Ce mantra proposé par les chanteuses du groupe Beautiful Chorus n'est pas issu du yoga mais il diffuse la puissance des enseignements en deux phrases simples. Il révoque la croyance répandue et destructrice de « je ne suis pas assez ». Répété à l'école, au sein même de la famille, au travail, sur les réseaux sociaux, à la télévision, dans la publicité et même dans les conversations les plus banales du quotidien, le code « vous n'êtes pas assez tels que vous êtes » vibre du matin au soir. Toute la société de consommation repose sur l'idée qu'avec l'acquisition d'un objet, un ventre plus plat, de meilleures performances ou des cils plus longs, on pourrait enfin devenir cet « autre » que nous pensons ne pas être déjà. Quand cette croyance limitante de l'ego est très active, on ne cesse de se comparer aux autres, on les juge comme s'ils étaient étrangers à nous-mêmes et l'on souffre tellement de se sentir « moins qu'eux » que l'on fait de la perfection absolue un but à atteindre. À force de nous autoévaluer, de courir après l'illusion d'un sommet qui n'existe pas, on en oublie notre nature profonde qui est bien au-delà de la perfection. Cette nature qui, de la rencontre d'un spermatozoïde avec un ovule, est capable de créer un corps humain d'une folle ingéniosité. Souvenez-vous de l'enfant que vous avez été, bien avant qu'on commence à lui donner des notes. Connectez-vous à son innocence, à sa pureté et à sa soif de découvrir. N'auriez-vous pas envie de lui dire qu'il ou elle est parfait·e tel·le qu'il·elle est ? Imaginez à présent qu'à chaque fois que vous avez l'impression d'échouer ou de commettre une erreur, vous preniez le temps de chanter ce mantra, comment vous sentiriez-vous ? Agiriez-vous de la même manière ? L'acceptation d'une perfection innée permet d'enfin accepter tout ce qu'on labellise comme « imparfait » en nous. Cela ne nous dédouane pas des moments où nous manquons de conscience dans nos actions. Mais, lorsqu'il n'y a plus rien à prouver, alors on peut juste se contenter d'être : quel soulagement ! Pour soi-même et pour les autres ! Au-delà des apparences trompeuses, nous sommes des êtres des lumières qui disposons de tout ce qui nous est nécessaire pour avancer sur notre chemin de vie.

Pratique : les mains posées sur la poitrine, chantez ce mantra pendant 7 minutes.

Version musicale suggérée : *I am a Perfect Being* de Beautiful Chorus.

I AM I AM

L'état d'être au-delà de l'identité

Le mantra complet :
I am I am.

Traduction : « Je suis, je suis. »

Dans les années 2000, au début de la création du réseau Facebook, les utilisateurs partageaient essentiellement des statuts, ces petites phrases décrivant l'activité du moment, leur lieu de vacances ou l'humeur du jour. Le logiciel facilitait la tâche en pré-écrivant pour eux le début du statut (« Jacques Leclerc est... », « Jennifer Bell is... »). Il n'y avait plus qu'à qualifier le verbe « être » d'une émotion, d'un adjectif, d'une situation géographique ou d'une action pour pouvoir partager une déclaration. Ces habitudes a priori inoffensives se sont largement déployées sur tous les canaux de communication, nous privant pourtant d'un ressenti essentiel. À force de répondre à l'urgence de nous définir par des adjectifs ou des émoticônes, on assigne notre identité à résidence et l'on confond le qualificatif variable avec le ressenti inconditionnel de l'état d'être. En prononçant « I am » ou « je suis » sans chercher à écrire la suite, on sort des rôles joués par l'ego et l'on accède à l'infini potentiel de l'état d'être. Il n'y a rien à faire. Rien à prouver. Rien à acquérir. Juste à ressentir l'immensité de « je suis ». L'exercice est vertigineux. La tentation de continuer à nous définir selon ce qu'on connaît de « nous-même » reste forte, au début. Mais si l'on reste en contact avec la pureté du mantra « I am », on s'aperçoit qu'au-delà de l'identité, il existe une dimension indéfinissable qui « est ». Quelque chose qui n'a pas de forme, qui dépasse ce qu'on croit être et qui traverse tout ce qui « est ». À son contact, plus de « je » en tant qu'ego. Juste la béatitude d'être. Toutes les émotions, toutes les pensées, toutes les situations fugaces ne deviennent alors que des objets d'observation qui ne pourraient nous constituer. Cette carte vous fait le cadeau du message suivant : cessez de cloisonner votre état d'être et de vous définir par rapport aux émotions de passage, aux fonctions dont vous avez la charge ou à votre forme physique. Vous êtes. Cet état de fait est illimité. En prendre conscience vous ouvre à votre infini potentiel.

Pratique : assis·e en tailleur, la main droite en gyan mudra (pouce et index joints) est posée sur le genou droit. La paume de la main gauche est à 15 cm devant la poitrine, les doigts tendus vers la droite. Sur le premier « I am », la main gauche se rapproche à 10 cm de la poitrine, sur le deuxième « I am », elle revient à 15 cm. On alterne tout au long du chant les yeux ouverts à un dixième. 11 minutes.

Version musicale suggérée : *I am, I am* de Madhur-Nain Webster.

I LOVE MY BODY

Mon corps mérite tout mon amour

Le mantra complet :
I love my body, I love my body, my body is a beautiful creation, my body is a beautiful creation, a creation of god, a creation of god.

Traduction : « J'aime mon corps, mon corps est une belle création, une création divine. »

Le corps est le véhicule que l'âme choisit pour s'incarner sur terre. L'aimer n'est pas une posture narcissique. Cela n'a rien à voir avec les diktats pour se préparer à défiler sur la plage en maillot de bain. Apprécier toutes les particules de sa chair est une étape spirituelle indispensable pour faire l'expérience du grand Soi. Aimer son corps. Totalement. Intensément. De la plante des pieds à la pointe des cheveux en passant par les organes de digestion, les alvéoles des poumons et l'arrière de la nuque. Aimer son corps sans distinction, de la cellule adipeuse à la matière grise. Aimer, même (et surtout) ce que l'on juge imparfait. Aimer même les zones dysfonctionnelles qui transcrivent nos blessures encore ouvertes. Ce mantra permet de reconnaître et de s'incliner devant la beauté de ce véhicule. En le chantant, on génère une fréquence vibratoire qui agit comme un antidote aux messages haineux envoyés par le mental. Il permet également d'ouvrir un canal d'écoute et de réception des messages corporels. Le corps ne ment pas. Il traduit l'énergie invisible que nous émettons et nous parle en nous indiquant les zones de tension, l'inconfort ou au contraire la détente. Ce qu'il manifeste en surface n'est qu'une expression de ce qui se déroule dans nos profondeurs. Cette carte vous demande de prendre soin de votre corps et de lui accorder le temps qu'il mérite. Allez faire des courses et choisissez des aliments à la fréquence vibratoire élevée pour le nourrir. Sortez de l'inertie et remettez-vous en mouvement : marchez, dansez, secouez vos bras en l'air, enlevez vos chaussures et posez vos pieds dans l'eau fraîche ou dans l'herbe. Massez chaque partie de votre corps en la remerciant pour tout ce qu'elle vous permet d'expérimenter, même celles que vous trouvez disgracieuses. Embrassez vos proches, enlacez-les, étreignez-vous. Votre corps a besoin de tout votre amour !

Pratique : ce mantra m'a été transmis par Satyavrati Karta et je n'en ai jamais trouvé de version musicale enregistrée. On peut répéter chaque phrase deux fois ou bien aller jusqu'à trois. Inutile d'inventer une mélodie compliquée pour le chanter. Laissez vos cordes vocales vous guider naturellement vers le son juste. À chanter au moins 7 minutes d'affilée dans la joie !

I RELEASE CONTROL

Se libérer du contrôle et de la lutte

Le mantra complet :
I release control and surrender
to the flow of love, that will heal me.

Traduction : « Je relâche le contrôle
et je me rends au flot de l'amour,
c'est ce qui va me guérir. »

Cette carte vous indique qu'il est temps d'assouplir la rigidité avec laquelle vous menez votre vie actuellement. Pas seulement les règles strictes qui peuvent frôler la maniaquerie mais aussi les armes que vous serrez fort dans vos mains pour vous battre, ainsi que les cordes qui vous relient fermement à vos blessures passées. Le contrôle et la rigidité agissent comme une armure de métal à la surface de la poitrine. En croyant protéger le cœur de toute attaque potentielle, on se prive de la liberté de respirer à pleins poumons. Contraint dans un espace clos, le cœur n'a plus accès à l'amour sans condition de la source ni à la lumière dont il a tant besoin. Le contrôle illustre l'insécurité intérieure, le manque de confiance en l'avenir et en la vie. Il génère une énergie pugnace et vindicative. Il ferme à l'acceptation de l'autre et de ce qui est. Il donne l'illusion que le pouvoir de l'ego serait plus fort que celui de la conscience ou de la force universelle qui fait tourner la terre autour du soleil. Relâcher le contrôle n'est pas synonyme de décadence. Le lâcher-prise n'est pas de la négligence de soi. Desserrer les poings et les mâchoires, relâcher ce qui fait déjà partie du passé, écouter le cliquetis de l'armure et des lames tomber au sol ouvrent l'accès à une force invincible. Celle de l'amour illimité qui circule en nous. Cette énergie d'amour peut alors s'immiscer dans les moindres recoins, suturer les plaies et nous guider vers les décisions les plus alignées. Ce n'est alors plus le contrôle du mental et de l'ego qui régissent votre vie mais le flot d'amour devant lequel vous ne cessez de vous incliner. Quant aux valeurs et engagements que vous souhaitez honorer, faites confiance à l'énergie de vie : même sans contrôle, l'énergie d'abdication à l'amour vous soutiendra. Elle vous soutient déjà.

Pratique : ce mantra est une chanson de l'artiste américaine Alexa Sunshine Rose. Vous pouvez le chanter en posture de l'enfant, les fesses posées sur les talons, le front au sol et les bras le long du corps. Abandonnez toute résistance à la terre.

Version musicale suggérée : *I Release Control* d'Alexa Sunshine Rose.

I'M JUST A BREATH OF LIFE

Je suis bien plus que ce que je crois

Le mantra complet :
I've no body, I've no mind, I've no spirit, I'm just a breath of life, a breath of life, a breath of god.

Traduction : « Je n'ai pas de corps, je n'ai pas de mental, je n'ai pas d'esprit, je suis juste un souffle de vie, un souffle de vie, un souffle divin. »

Tout ce que nous croyons être « vrai » repose sur une illusion. Nos perceptions nous jouent des tours en permanence, pourtant nous continuons à penser que seule la matière visible, solide, perceptible par le goût, l'odorat, la vue, le toucher ou encore l'ouïe est la réalité. Nous ne voyons pas le champ électromagnétique, pourtant il existe. Si vous en doutez encore, jouez avec un aimant contre une surface de métal et là, parce que vos yeux peuvent le vérifier, vous le croirez. Nous ne sentons pas la vitesse de rotation de la Terre sur elle-même sous nos pieds ; cependant, nous savons qu'elle existe depuis que les satellites peuvent la mesurer avec précision. La physique nous dit que nous sommes essentiellement composés de vide, pourtant nous faisons exclusivement confiance à ce que nous pouvons palper. Qu'en est-il de notre identité ? Que croyons-nous être vrai de nous et qui n'est au fond qu'une illusion orchestrée par nos sens ? Dans le film *Matrix*

(1999), Neo, le héro, est fasciné par un enfant qui joue à tordre une cuillère avec la puissance de son intention. L'enfant lui dit : « N'essaie pas de tordre la cuillère, c'est impossible. Essaie plutôt de réaliser la vérité : il n'y a pas de cuillère. Et tu verras que ce n'est pas la cuillère qui se tord, c'est toi. » Affirmer une négation sur l'identité est une technique que l'on retrouve dans de nombreux enseignements spirituels anciens pour sortir l'individu de l'illusion et lui donner accès à son essence universelle. Enseigné par Yogi Bhajan au cours de grands rassemblements yogiques au XXe siècle, ce mantra existe sous d'autres formes comme l'*Isha Kriya* proposé par Sadhguru. Acceptez pour quelques instants de nier l'existence de tout ce que vous pensez être vrai à votre sujet. Niez votre métier, votre statut familial, votre origine géographique, les traits de personnalité que l'on vous reconnaît. Niez et observez ce qui reste : le souffle. Inutile de réfléchir pour respirer. Laissez le fil ininterrompu du souffle, « tendrement équilibré » comme le dit Sadhguru, vous enseigner la vérité à votre sujet. Vous n'êtes pas celui ou celle que vous croyez. Vous êtes bien plus que cela. Sortez de l'illusion !

Pratique : l'enregistrement de Yogi Bhajan récitant cette affirmation est très puissant. Restez assis·e ou allongez-vous. Écoutez. Puis répétez les phrases. Pas moins de 11 minutes et jusqu'à 31 minutes.

Version musicale suggérée : *Breath of Life* sur le CD Destiny par Yogi Bhajan.

JAPJI 33E PAURI

S'incliner devant le pouvoir divin

Le mantra complet :
Akhan jor, chupe nah jor. Jor na mangan den na jor. Jor na jivan maran nah jor. Jor na raj mal, man sor. Jor na surti gian vichar. Jor na jugti cchute sansar. Jis hath jor kar vekhe soe. Nanak utam nich na koe.

Traduction : « Nul pouvoir de parler, nul pouvoir de se taire. Nul pouvoir de supplier, nul pouvoir de donner. Nul pouvoir sur la vie, nul pouvoir sur la mort. Nul pouvoir de régner, ni sur les biens matériels terrestres ni sur le mental perturbé. Nul pouvoir sur la conscience, la sagesse ou la méditation. Nul pouvoir sur la manière dont on quitte ce monde. Le détenteur d'un tel pouvoir l'exerce et il le contemple. Oh Nanak, nul n'est plus haut, nul n'est plus bas. »

Même lorsque certaines femmes enceintes s'agitent à la fin de leur grossesse, dansent, courent, vont voir des acuponcteurs ou des réflexologues, elles n'ont pas le pouvoir de décider le moment où leur bébé viendra au monde. Dans une ère où la technologie tendrait à nous faire croire que nous pouvons tout contrôler, planifier l'envoi de fusées dans le ciel, la location d'une maison douze mois à l'avance ou prévoir l'élection d'un président américain avec des algorithmes, l'expérience nous montre qu'il suffit d'une catastrophe climatique, une pandémie, la révélation d'un secret enfoui pour rendre toutes nos prévisions caduques. Nous n'avons pas non plus le pouvoir de savoir à l'avance comment nous quitterons notre corps physique et quel temps il nous reste devant nous. La carte de ce mantra vous demande de vous aligner avec le pouvoir divin. De vous soumettre au libre arbitre de votre conscience, elle-même reliée à la conscience universelle. Sortez de la dualité qui vous pousse à comparer votre pouvoir à celui de vos voisins. Vous n'en avez pas plus ni moins. Puisque vous ne pouvez décider ni du moment où les enfants naissent ni de l'instant où vos proches partiront, puisque vous ne pouvez décider ni de l'arrivée de l'orage le jour d'un mariage ni de la neige au printemps, rendez les armes dès à présent. Plutôt que de chercher à régner ou à démontrer votre pouvoir, inclinez-vous devant ce qui est plus grand que votre ego. Cette abdication vous permettra de chasser toute négativité et d'accepter plus facilement ce que vous ne pouvez pas contrôler.

Pratique : avant de chanter ce mantra, pratiquer la posture « ego eradicator » (assis en tailleur, les pouces levés vers le ciel, les bras en V bien tendus, respiration du feu pendant 3 minutes au moins). Puis posez les mains en gyan mudra (pouce et index joints) sur les genoux et chantez ce mantra pendant 7 minutes au minimum.

Version musicale suggérée : *Akhan Jor* de Guru Dass.

JAYA JAYA SHIVA SHAMBO

Célébrer la joie innée

Le mantra complet :
Jaya jaya shiva shambo, jaya jaya shiva shambo, jaya jaya shiva shambo, jaya jaya shiva shambo. Mahadeva shambo mahadeva shambo mahadeva shambo mahadeva shambo.

Traduction : *Jaya* signifie victoire mais désigne aussi la joie. Shiva est le Dieu de la purification : il élimine tout ce qui entrave le chemin d'éveil. En sanskrit, *shambo* (ou *shambho*) désigne celui qui est de bon augure ou l'heureux présage. *Maha* veut dire grand et *deva* est utilisé pour parler de l'esprit, de l'invisible ou du divin. Ce mantra qui existe aussi avec une variation « shiva shiva shiva shambo » au début du chant rend gloire à Shiva.

La joie véritable ne dépend d'aucun bien matériel ni d'aucune circonstance extérieure. Cette fréquence peut se manifester même dans les épreuves les plus difficiles de la vie. Notre capacité à nous réjouir est innée, mais elle se cultive et grandit dès que nous la réveillons. Avez-vous souri aujourd'hui sans raison ? Nourrissez-vous l'émerveillement au quotidien ? Inspirez-vous des enfants qui éclatent de rire en sautant dans des flaques d'eau. Pensez aux doux rêveurs qui marchent en regardant le ciel et s'esclaffent en trébuchant. Imaginez une crise de fou rire entre inconnus. Il est temps de lister toutes les choses simples qui vous donnent de la joie : une mélodie adorée qui passe brusquement à la radio, songer à un être aimé, danser sans réfléchir sous la douche, un soleil couchant qui plonge dans l'océan ou quelques flocons de neige qui se mettent à couvrir les toits... La carte que vous avez tirée exige que vous activiez votre joie naturelle et que vous rendiez gloire à Shiva, le dieu de la métamorphose. Si votre cœur s'est fermé à la joie innée, si vos attachements à vos blessures passées vous donnent du chagrin, si vous pensez que la joie ne pourra revenir que le jour où vous aurez un meilleur travail, un couple solide, plus d'argent ou une meilleure santé, relâchez ces limitations et laissez Shiva les transmuter. Souvent chanté dans les cours de yoga, ce mantra incarne la joie pure. Le fredonner met instantanément le sourire aux lèvres. Même si vous traversez un moment difficile, la joie ne vous a pas quitté·e. Elle manifeste l'excitation de votre âme. C'est l'étincelle qui s'anime et vous indique lorsque vous fusionnez avec le divin. N'oubliez pas que vous êtes venu·e·s pour jouer et vibrer la joie. Célébrez la légèreté qui revient !

Pratique : ce mantra est encore plus puissant lorsqu'on le chante à plusieurs. Mais il se montrera aussi efficace en solo. Les mains sur le cœur ou en gyan mudra (pouce et index joints) posés sur les genoux en tailleur, 7 minutes au moins.

Version musicale suggérée : *Jaya Shiva Shambo* de Marco Schultz & Maha Satya Sangha.

KIRTAN KRIYA

Libérer son mental

Le mantra complet :
Sa ta na ma.

Traduction : *Sa* signifie naissance. *Ta* signifie vie. *Na* veut dire la mort. *Ma* est la renaissance. Ce sont les quatre syllabes qui forment le mantra *Sat Nam* que l'on chante trois fois à la fin de chaque cours de kundalini yoga.

Le cycle de la vie ne s'interrompt jamais. Même ceux qui ne croient pas en l'existence des âmes ni en la réincarnation sont forcés d'admettre que les atomes qui nous composent nous relient à tout ce qui a été et à tout ce qui sera. Comme l'a écrit Hubert Reeves, nous sommes fabriqués de poussières d'étoile : l'immense majorité de nos milliards de milliards de milliards d'atomes sont issus de fragments stellaires. Nous portons donc en nous toute l'histoire de l'univers. Parallèlement, si l'on se contente de regarder une plante qui se meurt tout comme une chair en décomposition, on observe que la métamorphose organique donne déjà naissance à ce qui viendra demain. L'humus s'enrichit du tapis de feuilles d'automne et le noyau du fruit dévoré recèle à lui seul la promesse d'un arbre neuf. Cette carte vient vous enseigner l'acceptation des cycles en mouvement permanent. Pas de printemps sans hiver. Pas d'automne sans été. Pourquoi ruminer en boucle une situation déjà passée ou craindre l'avenir alors que la roue continue de tourner ? Votre mental a besoin de libération instantanée. Le *Kirtan Kriya* est l'un des mantras les plus célèbres du kundalini yoga. Prouvé efficace sur l'amélioration de la mémoire dans la prévention contre la maladie d'Alzheimer, ce mantra est aussi recommandé dans le cas d'addictions. Il exige beaucoup de concentration car on presse avec ses pouces les index en chantant le son *Sa,* les majeurs sur le son *Ta,* les annulaires sur *Na,* et les auriculaires sur *Ma.* D'abord, on chante pendant quelques minutes, puis on murmure comme si l'on était amoureux, puis l'on continue en silence, dans le langage du divin. On reprend ensuite en chuchotant et l'on termine en chantant les quatre syllabes à voix haute. En fragmentant le mantra *Sat Nam* en quatre syllabes, on entre dans la compréhension nucléaire de l'essence de la vérité. Toute la psyché est obligée de s'accorder avec l'équilibre parfait du son, des gestes et de la visualisation. Le mental s'allège et les polarités s'équilibrent au centre.

Pratique : assis·e en tailleur, chantez le mantra *(la, sol, fa, sol)* en appliquant le mudra correspondant à chaque syllabe (voir ci-dessus). 2 minutes à voix haute, 2 minutes en murmurant, 1 minute en silence, puis 2 minutes en chuchotant et 2 minutes à voix haute. Visualisez chaque syllabe entrer par le sommet du crâne et projeter son parcours en L comme si le son sortait par le 3e œil. N'écoutez que le son de votre voix ou de votre silence.

Version musicale suggérée : *Sa ta na ma* de Jiwanpal Kaur.

LIGHT OF THE SOUL

Booster l'estime du Soi

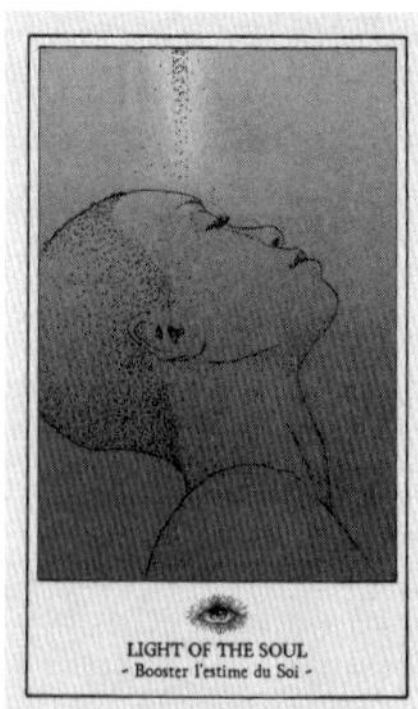

Le mantra complet :
I am the light of the soul,
I am bountiful, I am beautiful,
I am bliss, I am, I am.

Traduction : « Je suis la lumière de l'âme, je suis abondant·e, je suis beau/belle, je suis la béatitude, je suis, je suis. »

Dans les cours de kundalini yoga, ce mantra met souvent les larmes aux yeux aux élèves qui le chantent. Oser déclarer et chanter « I am beautiful » (je suis beau/belle) peut se révéler extrêmement difficile pour ceux qui sont convaincus du contraire. Une telle affirmation positive agit comme un électrochoc car elle permet de prendre conscience de la distance qui sépare nos auto-évaluations de cette déclaration. Avez-vous réalisé à quel point vous incarnez la beauté ? Combien vous êtes créateur·ice d'abondance ? Avez-vous conscience que la béatitude est votre nature profonde, celle qui constitue la lumière de votre âme ? Au fond, nous n'avons pas besoin d'ennemis. Il suffit d'aller dans l'arrière-salle du mental, là où les déchets n'ont pas encore été triés pour trouver des pensées d'une grande violence contre nous-mêmes. Des jugements destructeurs, des phrases dévastatrices, des mots comme des lames retournées contre nous. Il est temps de changer la narration. Blâmer nos parents pour ce qu'ils n'ont pas réussi à nous dire (probablement parce qu'ils ne l'ont pas reçu eux-mêmes), en vouloir à l'école ou à la société tout entière ne nous permettra pas de gagner en estime de soi. C'est à nous de nous réaligner avec la vérité de notre essence. Comment ne pas s'extasier devant la beauté du génie universel qui nous constitue ? Comment ne pas s'incliner devant la profusion de cellules que notre corps crée à chaque instant ? Ce mantra nous remet dans l'axe du grand Soi, cette conscience élevée qui n'est qu'amour et lumière. Plus on le chante, plus il guérit. Cessez de mettre l'estime du Soi sous hypothèque. Reconnaître votre propre beauté n'est pas un exercice narcissique. C'est un prérequis pour aimer plus grand, sans attente en retour.

Pratique : il existe de magnifiques chorégraphies (communications célestes) pour accompagner ce chant. Tapez le nom du mantra dans votre navigateur pour trouver de l'inspiration en format vidéo. Vous pouvez aussi vous laisser inspirer par le son pour créer votre propre gestuelle. Sinon, chantez ce mantra comme une autobénédiction en plaçant votre main droite en arc, la paume tournée au-dessus du sommet du crâne. La paume gauche est orientée vers l'avant à hauteur de l'épaule gauche, comme si elle cherchait à capter tout ce qui se déroule devant elle. Focalisez sur le circuit de l'énergie de la paume gauche à la paume droite en passant par le chakra couronne et le centre de la poitrine au chakra du cœur.

Version musicale suggérée : *Light of the Soul* de Gurudass.

LIGHT PRAYER

Le bouclier de lumière

Le mantra complet :
Peace before me, peace behind me, peace at my left, peace at my right, peace above me, peace below me, peace in me, peace in my surroundings, peace to all, peace to the universe (puis remplacer peace par « love » et enfin par « light »).

Traduction : « La paix devant moi, la paix derrière moi, la paix à ma gauche, la paix à ma droite, la paix au-dessus de moi, la paix en dessous de moi, la paix en moi, la paix autour de moi, la paix pour tous, la paix pour l'univers » (puis remplacer le mot paix par « amour » et enfin par « lumière »).

Dans la cour de récréation, lorsque les enfants se sentent agressé·e·s par un·e camarade, il·elle·s tendent leur main en guise de bouclier miroitant l'énergie d'où elle vient. Si vous avez la sensation d'avoir attiré à vous des situations désagréables ou une personne qui pourrait incarner parfaitement le rôle du meilleur ennemi dans une production hollywoodienne, ce mantra est là pour vous soutenir. Les enseignements sacrés ont une lecture particulière de l'ennemi. Au lieu de le blâmer pour tout ce qu'il nous fait subir, il est considéré comme un maître venu nous apprendre une leçon sur nous-mêmes. Sur le plan énergétique, nous n'attirons personne à nous par hasard. Les individus qui circulent dans notre champ sont en résonance avec la fréquence vibratoire que nous émettons au moment présent. Lorsque nous sommes séparé·e·s de notre lieu sûr, de cet espace illimité de paix, d'amour et de lumière dont nous faisons l'expérience lorsque nous élevons notre conscience, la vie prend brusquement des allures de mauvaise série B. Nous nous sentons plaqué·e·s au sol, fragilisé·e·s au point de croire que tous nos problèmes sont de la faute d'un ennemi ou d'une cause extérieure. Et s'ils étaient juste le reflet de notre conflit intérieur ? Au fond, il n'y a personne à éloigner : dès que votre énergie aura changé, la situation comme « l'ennemi » disparaîtront car ils n'auront plus aucun pouvoir sur vous. Si vous vibrez la fréquence la plus élevée, celle de la lumière, alors vous vous remettrez à aimanter des personnes et des situations lumineuses. C'est la loi de la réflexion. Ce mantra vous incite à grimper sur l'échelle de subtilité, à abandonner la loupe avec laquelle vous scrutez le monde matériel afin de retrouver votre centre calme et paisible. Plus qu'une simple méditation, c'est une prière qui, lorsqu'elle est bien exécutée, agrandit sensiblement l'aura.

Pratique : après avoir activé le corps physique avec quelques mouvements, asseyez-vous en tailleur les mains en gyan mudra (pouce et index joints) ou allongez-vous sur le dos en shavasana, les paumes ouvertes vers le ciel, sans fuir dans le sommeil. Chantez ou restez en silence et les yeux fermés, visualisez la paix, l'amour et la lumière à votre gauche, à votre droite, au-dessus de votre corps, en-dessous, etc. En restant bien concentré·e, la méditation est d'une grande puissance.

Version musicale suggérée : *Heavenly Prayer of Light* de Dr Joseph Michael Levry.

LOKAH SAMASTAH

L'harmonie pour tous

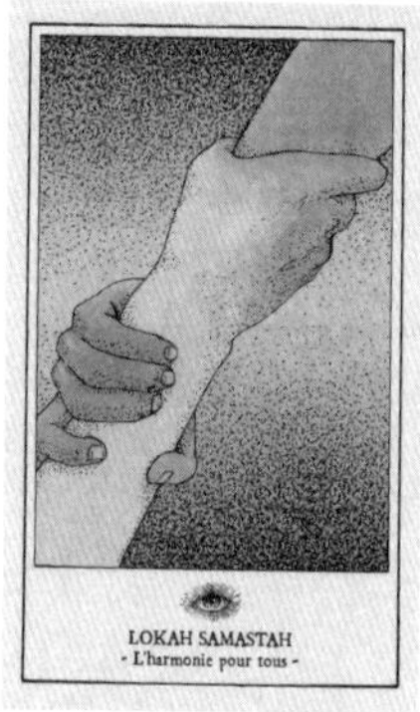

Le mantra complet :
Lokah samastah sukhino bhavantu.

Traduction : « Que tous les êtres du monde deviennent heureux. Que la paix règne partout. »

On oublie parfois de souhaiter le meilleur à nos proches. Pourtant, le simple fait de les imaginer heureux et en paix offre instantanément une sensation réconfortante. Mais est-on capable de faire le même vœu pour des voisins que l'on croise sans bien les connaître ? Et aussi pour ceux qui nous dérangent parce qu'ils font trop souvent du bruit, tard dans la nuit ? Sommes-nous capables d'élargir notre intention à des personnes qui ne partagent ni nos idées politiques ni nos valeurs humaines ? Êtes-vous capable d'espérer sincèrement et authentiquement que la paix comme la joie inondent le cœur de vos ennemi·e·s, celui d'ancie·ne·s collègues de travail qui ont abusé de leur pouvoir, ou de partenaires amoureux partis sans laisser de nouvelles ? Pourriez-vous souhaiter la paix et l'harmonie à ceux dont les actes vous révoltent et vous attristent ? Pouvez-vous dès à présent souhaiter le bonheur et la paix avec autant de ferveur à ceux qui écrasent comme à ceux qui se sentent écrasés? Ce mantra concentre toute l'énergie d'amour inconditionnel délivré par Amma, la guide spirituelle indienne. Connue pour son immense sagesse et la puissance de ses étreintes, Amma a fait de ce mantra un hymne répété quotidiennement par ses disciples. Cette carte vous demande de vous ouvrir à vibrer l'amour sans condition. Pas seulement pour vos proches. Ouvrez-vous à une réconciliation imminente. Si vous recontrez une situation conflictuelle, envoyez avec sincérité et dévotion votre souhait que tous les êtres puissent faire l'expérience de la paix et du bonheur. Imaginez un monde où cela serait le cas : si chacun était comblé et serein, toutes les batailles disparaitraient dans l'instant. Souvenez-vous du poème de Paul Fort qu'on apprend aux jeunes écoliers : « Si toutes les filles du monde voulaient se donner la main, Tout autour de la mer, elles pourraient faire une ronde. Si tous les gars du monde voulaient bien être marins, Ils feraient avec leur barque un joli pont sur l'onde. Alors on pourrait faire une ronde tout autour du monde, Si tous les gens du monde voulaient se donner la main. »

Pratique : si vous comptez méditer en groupe, formez un cercle et chantez ce mantra en vous donnant la main (la main gauche en dessous de la main de votre voisin, la main droite au-dessus de celle de votre voisin). Si vous utilisez ce mantra en solo, asseyez-vous en tailleur et chantez ce mantra en ouvrant et croisant les bras au-dessus de la tête, comme si vous cherchiez à saluer le plus grand nombre d'humains tout autour de la terre. Faites de grands signes en chantant les yeux fermés à ceux que vous aimez déjà mais aussi à ceux que vous ne comprenez pas encore : souhaitez-leur le meilleur.

Version musicale suggérée : *Lokaha* de Wah !

LONG EK ONG KAR

Le canal d'énergie cosmique

Le mantra complet :
Ek ong kar sat nam siri wahe guru.

Traduction : « Le créateur et sa création ne font qu'un. L'essence de cette vérité est si grande qu'en prendre conscience me comble de béatitude. »

À force de répéter le brossage de dents quotidiennement depuis le plus jeune âge, la plupart d'entre nous ne pouvons plus supporter de franchir le seuil de la maison sans avoir pris soin de notre hygiène dentaire. Ces trois minutes au réveil nous paraissent indispensables pour nous débarrasser de l'haleine de la nuit ou des dépôts sur les dents. Mais ce n'est pas seulement une politesse offerte aux autres. On sait que si l'on ne le fait pas régulièrement, on risque d'avoir des caries puis des problèmes encore plus douloureux. Cette carte sonne l'alarme d'un autre type d'hygiène à adopter : le nettoyage, l'activation et l'ouverture de toute la colonne de lumière. Prendre soin de son corps physique est indispensable pour vivre en bonne santé. Néanmoins, nous ne sommes pas qu'un corps physique. Nous sommes de l'énergie. Lorsqu'elle circule avec fluidité, elle est distribuée harmonieusement et les vortex où elle tourbillonne (chakras) peuvent jouer leur rôle de récepteur et d'émetteur faisant le lien entre le monde matériel et l'invisible ultrasubtil. En revanche, lorsque de l'énergie non résolue s'accumule, c'est tout notre canal central qui est impacté. Ce mantra qu'on chante traditionnellement lors de la sadhana (la pratique du matin) ne se contente pas d'harmoniser l'énergie de la base au sommet. Il ouvre et active chacun des sept chakras. Il dépoussière et dégorge à l'instar d'une ventouse posée sur une canalisation. Premier verset du texte sikh baptisé *Japji Sahib*, le long *Ek Ong Kar* exige une pratique particulière (voir ci-dessous). Il a longtemps été préconisé aux adeptes de kundalini yoga de le chanter 2h30 chaque matin en guise de sadhana pour les préparer aux grands changements de paradigme du XXIe siècle. Chaque année, beaucoup s'engagent d'ailleurs dans cette intense pratique pendant 40 jours d'affilée. Ce mantra n'est pas une série de syllabes à prononcer. C'est une expérience énergétique métamorphique. Il est temps de nettoyer vos *nadis*, ces canaux énergétiques essentiels à votre communication avec le cosmos tout entier. Décollage imminent pour la connexion avec l'infini...

Pratique : ce mantra se chante sur deux respirations et demi. Assis en tailleur, inspirez profondément. Sur l'expiration, chantez le son *Ek* serrez les fesses pour activer le premier chakra, puis continuez en chantant *Ooong* en serrant le bas ventre comme si vous cherchiez à faire remonter les organes de reproduction vers le haut, sur la fin de l'expiration, chantez *Kar* en rentrant le nombril. Reprenez une inspiration profonde sans desserrer les ligatures engagées (*bandhas*) Chantez *Sat* en le projetant au centre de la poitrine, puis vibrez *Naaaaam* dans la gorge pour activer votre 5e chakra de la communication. À la toute fin de l'expiration, finissez par *Siri* en visualisant le son dans le 3e œil, entre les deux yeux. Prenez une demi-inspiration et chantez *Wah* en imaginant que le 7e chakra au niveau de la couronne s'ouvre et desserrez toutes les ligatures sur le son *É Guru*. Le mantra complet doit vous prendre une minute que vous répéterez sept fois. Appliquez bien les fermetures et ne relâchez que lorsque vous chantez *É Guru*.

Version musicale suggérée : *Long Ek Ong Kars* de Good Vibes Collective.

MAAA

S'ouvrir à recevoir

Le mantra complet :
Ma.

Traduction : « La lune. »

Avez-vous déjà porté un coquillage à votre oreille pour écouter y résonner l'océan ? Il suffit de fermer les yeux pour sentir le mouvement des grandes marées, la danse des vagues et le souffle du vent sur la peau. Quand avez-vous pris le temps d'écouter avec autant de curiosité et de conscience pour la dernière fois ? Ce mantra vous invite à devenir une antenne de réception. Faites silence. Cessez le bavardage. Arrêtez les commérages. Stoppez toute action. Entendez à présent l'écho de votre voix qui appelle le plus haut symbole du féminin sacré : la lune. Une syllabe qui n'est pas sans rappeler les premiers sons universels du bébé tentant d'appeler sa mère, quelle que soit sa langue de naissance ou sa culture. Si l'énergie du masculin est tournée vers l'extérieur, érigée vers le ciel, l'énergie du féminin est intérieure et à l'écoute. Dans son livre bestseller *The Way of The Superior Man,* l'auteur David Deida écrit : « Comme un bateau qui traverse un vaste océan, le masculin décide d'une voie à suivre et navigue dans cette direction. L'énergie du féminin est non orientée mais immense, à l'instar du vent et des courants profonds de l'océan, en constante évolution, beaux et destructeurs, une source de vie. » Que vous soyez un homme ou une femme, cette carte réclame que vous plongiez dans le silence de vos profondeurs, elles-mêmes connectées à l'univers tout entier. Acceptez les mouvements changeants des liquides qui constituent plus de la moitié de votre corps physique. Sentez-les frémir au contact du mantra. En vibrant le son (*naad*) *Maaa* sur l'expiration la plus lente possible, le chant de l'âme s'aligne avec la puissance compassionnelle de la lune, lui rappelant sa nature d'enfant du divin. Ouvrez et permettez la connexion jusqu'au firmament. Les messages les plus subtils descendent déjà vers vous.

Pratique : asseyez-vous au sol sans support sous les fesses, relevez le genou droit en gardant le pied droit à plat au sol, les orteils pointés vers l'avant. Placez la plante du pied gauche contre la tranche extérieure gauche du pied droit. Posez le poing gauche au sol près de la hanche pour garder le dos droit. Pliez le coude droit et posez-le sur le genou droit afin de former une coupe avec la main droite contre l'oreille droite (à l'instar d'un coquillage posé contre l'oreille droite). Inspirez et chantez le plus longtemps possible le son *Maaa* sur l'expiration. Continuez pendant 5 minutes 30 secondes, puis inversez les jambes et les bras afin de chanter le son *Maaa* auprès de l'oreille gauche pendant les 5 minutes 30 restantes. La méditation doit donc prendre en tout 11 minutes et peut s'étirer jusqu'à 31 ou 62 minutes. Si l'on a besoin d'amplifier la communication avec le féminin sacré, on ne chantera qu'avec la main gauche relevée près de l'oreille.

Version musicale suggérée : *Ma* de GuruGanesha Singh.

MAGIC MANTRA

S'ouvrir à la magie de la vie

Le mantra complet :
Ek ong kar sat gur prasad sat gur prasad ek ong kar.

Traduction : « Je fais un avec tout ce qui est. Je le sais par la grâce du seul véritable enseignant, que je fais un avec tout ce qui est. »

Cette carte d'une grande puissance exige la plus grande révérence. En effet, on dit que ce mantra concentrerait l'essence des écritures sacrées sikhs, le *Siri Guru Granth Sahib*. Si votre main l'a choisie au milieu du jeu, c'est qu'il est temps pour vous d'accueillir un miracle. La magie est partout, êtes-vous prêt·e à la recevoir ? Les enfants n'ont aucun mal à croire aux miracles. Une ombre projetée sur un mur et c'est une forêt avec des cerfs majestueux qui apparaît sous leurs yeux. Quelques flocons de neige inattendus et ils imaginent déjà un géant qui saupoudre des paillettes blanches au-dessus du ciel. Et vous, où en êtes-vous avec l'exercice quotidien de la magie et l'accueil des miracles ? Y êtes-vous pleinement ouvert·e ou y résistez-vous ? Lorsque nos blessures ne sont pas cicatrisées, la peur de souffrir à nouveau peut nous conduire à nous fermer à la magie. Pourtant, il suffit de demander clairement à ce qu'elle se manifeste pour en faire l'expérience. Ce mantra qu'on qualifie de magique nous invite à relâcher nos craintes et notre négativité. Vous n'êtes pas séparé·e du reste du cosmos ni de sa source ; vous faites un avec tout ce qui est. Focalisez votre attention sur l'énergie du renouveau et imaginez que les miracles pleuvent par milliers. Visualisez cette guérison dont vous rêvez, ou bien cette situation que vous attendez et considérez qu'elle a déjà eu lieu. Comment vous sentiriez-vous si cela faisait déjà partie de votre réalité ? En ressentant le miracle déjà réalisé, vous générez une énergie positive et nouvelle. À chaque fois que cette même étincelle d'excitation apparaîtra, vous saurez que le miracle est en chemin et que les synchronicités vont apparaître. Ayez confiance dans le flot de l'unité, il y a bien plus pour vous que ce vous croyez. Ouvrez-vous à recevoir sans attente.

Pratique : il existe de nombreuses méditations qui utilisent ce mantra. L'une des plus simples consiste à s'asseoir en tailleur les mains rassemblées en coupe tournée vers le ciel au niveau du sternum. Focalisez votre attention sur l'ouverture à recevoir sans attente en retour. Relâchez les pensées toxiques : on dit que ce mantra a le pouvoir de démultiplier l'énergie, qu'elle soit négative ou positive. 11 minutes.

Version musicale suggérée : *Magic Mantra - Reverse Negative to Positive* de Satkirin Kaur Khalsa.

MANGALA CHARAN MANTRA

La protection dans toutes les directions

Le mantra complet :
Aad guray nameh, jugaad guray nameh, sat guray nameh, siri guru dayvay nameh.

Traduction : « Je m'incline (*nameh* qui se prononce "namé" sans laisser traîner le son "é") devant la sagesse primordiale, je m'incline devant la sagesse à travers les âges, je m'incline devant la véritable sagesse, je m'incline devant la grande et invisible sagesse présente à l'intérieur de moi. »

Le *Mangala Charan Mantra* est celui que les kundalini yogis chantent pour se prémunir du danger avant de monter en voiture ou à bord d'un avion. Avant de prendre la route, quel que soit leur véhicule, ils chantent ces quatre lignes en les projetant mentalement vers les quatre points cardinaux en commençant par l'ouest, le sud, l'est et le nord. Beaucoup d'enseignants le chantent également après le mantra d'ouverture (*Ong Namo Guru Dev Namo*) au début d'un cours de kundalini yoga. Ressentez-vous le besoin soudain d'une protection dans votre vie ? Redoutez-vous un événement ou une situation pour vous-même ou vos proches ? Ce mantra n'est pas une formule magique qui demanderait à un Dieu à barbe blanche de nous sauver ou de nous mettre à l'abri. La sécurité intérieure ne saurait être dépendante des circonstances extérieures. Aucune alarme sophistiquée, aucune arme, aucun gilet pare-balles ne sauraient rivaliser avec la puissance de votre conscience supérieure. Elle est votre garde du corps. C'est elle qui vous guide en permanence. C'est elle qui vous conduit à faire un détour en changeant de trottoir et vous évite ainsi une agression à deux rues près. C'est elle qui vous fait manquer l'avion dont vous apprenez plus tard qu'il est resté bloqué pendant des heures à la première escale et qu'il n'a jamais pu redécoller. C'est encore votre conscience supérieure qui vous pousse à vous asseoir « par hasard » à côté de la personne que vous espériez rencontrer. Vous êtes protégé·e en permanence. Vous êtes constamment guidé·e par votre propre sagesse, elle-même reliée à la sagesse qui pilote le cosmos tout entier. Lâchez le mental comme le contrôle : votre conscience est votre assurance tous risques ! Écoutez-la !

Pratique : asseyez-vous en tailleur et pressez les paumes l'une contre l'autre en prière, les pouces contre le sternum. Inspirez et tendez les bras à 45 degrés vers le ciel sur la première phrase chantée. Revenez au sternum et inspirez, puis tendez à nouveau les bras... Et ainsi de suite pendant tout le mantra. Minimum 7 minutes. 11 minutes, c'est encore mieux !

Version musicale suggérée : *Aad Guray Nameh* d'Amrit Kirtan.

ME WITHIN ME IS THE REALITY

Éveiller sa conscience cosmique

Le mantra complet :
Me within me is the purity.
Me Within me is the reality.
Me within me is the grace,
I am the master of the space.

Traduction : « Le moi à l'intérieur de moi est la pureté, le moi à l'intérieur de moi est la réalité, le moi à l'intérieur de moi est la grâce, je suis le maître de l'espace. »

Qui êtes-vous ? Êtes-vous cette voix intérieure qui vous critique en permanence dès que vous semblez échouer ou celle qui vous encourage quand vous grimpez les escaliers ? Êtes-vous le censeur qui évalue, juge et note chacune de vos actions ? Êtes-vous la pensée qui vous a traversé·e il y a une heure, l'émotion qui vous submerge aujourd'hui ou la démangeaison à l'arrière de votre nuque ? La méditation ne consiste pas à « faire » le vide. Personne ne saurait arrêter la profusion de créations issues du mental. Méditer signifie prendre conscience. En focalisant l'attention sur le souffle, on s'aperçoit que l'on peut observer nos pensées sans s'y attacher. Si elles deviennent des sujets d'observation, c'est bien que nous ne sommes pas elles mais que nous sommes « ce » qui regarde. Plus la méditation est intense, plus elle nous rapproche de l'état d'observateur qui ne juge pas, ne compare pas et qui n'est pas intéressé par l'expérience du voisin. Pourtant, même dans ces états d'élévation, on peut encore rester attaché·e à nos sensations, à notre identité estampillée par une préfecture. Ce mantra nous propose d'aller beaucoup plus loin. Au-delà de ce que l'on croit être la conscience. Au-delà de nos suppositions. Au-delà de ce qui peut être nommé. Au-delà de ce qui a une forme ou un contour. Ce mantra pulvérise l'ego spirituel qui pense avoir franchi tous les portails de conscience. Il permet aussi à ceux·elles qui croient qu'il·elle·s ne sont pas assez « doué·e·s » pour méditer ou de s'élever qu'il·elle·s sont dans l'illusion. Ce mantra partagé par Yogi Bhajan, le maître qui a introduit le kundalini yoga en Occident au XXe siècle, nous fait le cadeau d'un voyage métaphysique. Il existe un état d'être extatique aussi étincelant qu'un diamant. La grâce absolue. Un Soi indescriptible bien au-delà du moi que nous croyons être nous. Il ne connait pas de frontière et n'est attaché à aucune identité, à aucune pensée, à aucune description. En faire l'expérience change toute la perception et ouvre la porte à d'infinis potentiels. Une nouvelle réalité s'ouvre à vous.

Pratique : ce mantra ne se chante pas, il se récite. Vous pouvez aussi écouter une version enregistrée sans même le prononcer. Installez-vous en tailleur ou allongé en shavasana et recevez l'expérience. Minimum 11 minutes, idéalement 31 minutes.

Version musicale suggérée : *Me Within Me, Affirmation* by Yogi Bhajan CD (sur le site satnam.de/fr).

MUL MANTRA

La boussole de l'âme

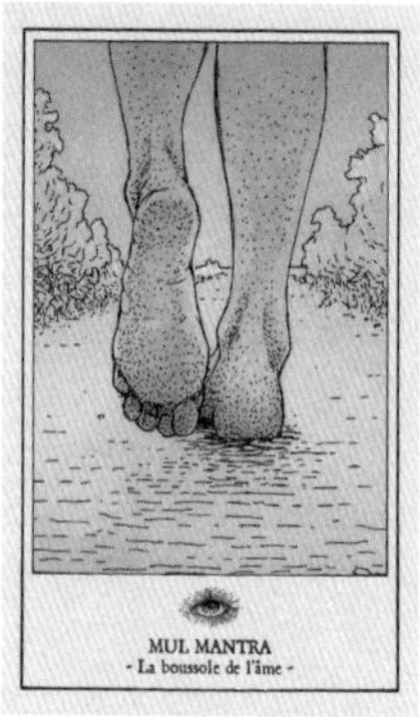

Le mantra complet :
Ek ong kar sat nam karta purk, nirbhao nirvair, akal murat, ajoonee, seybang gur prasad jap, aad such jugad such, haybee such, nanak hosee bee such.

Traduction : « Le créateur et sa création ne font qu'un, Son essence est la vérité, Créateur de tout ce qui est, Sans peur, Sans inimitié, Immortel, Non né, Illuminé par lui-même, c'est par la seule grâce du guru qu'on peut en prendre conscience, méditez en répétant, vrai au commencement. Vrai à travers les temps. Vrai ici et maintenant. Nanak l'a dit : "La vérité, toujours, sera". »

Avez-vous perdu votre chemin ? Avez-vous la sensation que vous naviguez sans carte ni direction ? La carte du *Mul Mantra* vous fait le cadeau d'une boussole énergétique. Il est temps de retrouver la route du Soi. *Mul* signifie la fondation. On retrouve cette racine dans le mot *Muladhara* qui désigne le premier chakra, situé à la base de la colonne vertébrale. Premières lignes du poème *Japji Sahib*, le *Mul Mantra* a été canalisé par Guru Nanak à l'occasion d'un rêve au tout début du XVIIe siècle. Lorsque le premier chakra est inactif ou désactivé, on peut expérimenter une sensation de déracinement qui se traduit parfois dans la matière par un déménagement, une expatriation ou un grand changement de vie personnelle. Les repères que l'on connaissait doivent être abandonnés pour reconstruire un nouveau socle. Or, la seule véritable maison qui n'est pas soumise aux épreuves de la vie ou aux catastrophes climatiques est celle de l'âme. En tirant cette carte, il vous est demandé de prendre soin de vos fondations intérieures. Celles qui ne sont pas soumises aux conditions extérieures. Ce lieu sûr existe en chacun de nous. Il suffit pour s'y rendre de se souvenir de notre nature profonde : *Ek Ong Kar.* « Lorsqu'un danseur se met à danser, on ne peut séparer la danse du danseur », rappelle Osho dans le livre *The True Name* pour expliquer que le créateur et la création ne font qu'un. Nous sommes un fragment de l'univers tout entier et nous passons notre temps à l'oublier. Lorsqu'on est désaxé·e, qu'on se sent en danger ou menacé·e, en rupture avec ce qui nous entoure, le *Mul Mantra* est si puissant qu'il nous réaligne au centre. Or, plus vous ferez l'expérience de cet épicentre spirituel, plus vous naviguerez avec aisance dans le monde matériel. Les deux ne sont pas opposés puisque tout ce qui est ne forme qu'un en permanence. En retrouvant la stabilité des montagnes millénaires, vous ne vibrez plus la peur du manque d'argent, de santé, d'amour ou de sécurité. Rentrez chez vous. Rentrez en vous. Il n'y a pas d'endroit où aller, vous êtes déjà arrivé·e.

Pratique : il existe de nombreuses manières de méditer avec le *Mul Mantra*. La plus simple est de poser ses mains en gyan mudra (index et pouce joints) sur les genoux, assis en tailleur. 7 minutes minimum.

Version musicale suggérée : *Mul Mantra* de Sada Sat Kaur.

OBEY SERVE LOVE EXCEL

Ne plus jamais trahir sa conscience

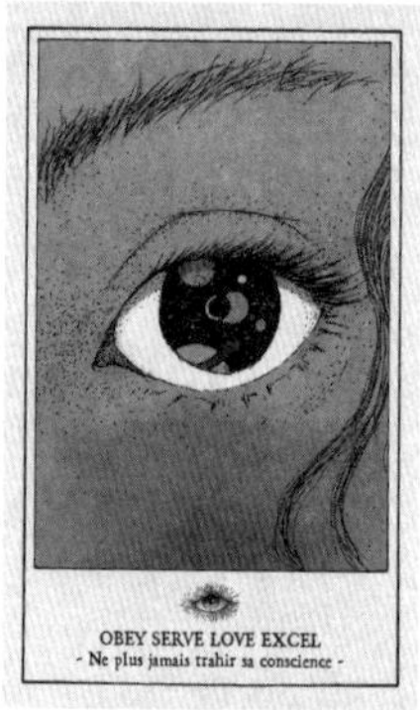

Le mantra complet :
Let thy soul be awakened (x 5), let the lotus feet of the guru be in your heart (x 8) wake up (x 7), heal (x 4), excel (x 7) obey serve love excel (x 4).

Traduction : « Laissez votre âme se réveiller, laissez les pieds de lotus de l'enseignant être dans votre cœur, réveillez-vous, guérissez, excellez, obéissez, servez, aimez, excellez. »

À qui acceptez-vous d'obéir ? Au policier dans la rue ? À vos parents lorsqu'ils vous invitent à déjeuner alors que vous êtes occupés ? À votre manager lorsqu'il vous demande de finir plus tard un vendredi soir ? Qui a autorité sur vous ? Il n'y a pas plus haute autorité que celle de votre conscience supérieure. Si chaque humain l'écoutait attentivement et appliquait scrupuleusement ses messages, il n'y aurait plus aucun conflit entre les hommes et les lois deviendraient inutiles. La conscience n'a pas d'agenda. Elle ne cherche pas à séduire. Elle n'a pas la même temporalité que celle de l'ego. Elle n'a aucune compétition à mener. Notre conscience n'a que des messages d'amour à nous offrir. Dès que nos actions s'alignent avec son autorité, nous nous sentons profondément épanoui·e·s, héroïques, en sécurité et aimé·e·s. En revanche, dès qu'on la trahit, les conséquences sont coûteuses. La conscience n'est pas une moralité ou un dogme relatif à une culture, un genre ou une religion. La conscience est reliée au cosmos tout entier. Elle ne s'adresse jamais à nous avec des « il faut que » et « il n'y a qu'à » ou encore des « tu devrais » qui viennent exclusivement du mental. Elle ordonne avec simplicité. On l'a tou·te·s déjà entendu nous murmurer : *« Détourne-toi de cette personne », « quitte ce lieu », « aime-toi », « fonce »*. Elle dispose de nombreux moyens pour se faire entendre malgré le brouhaha de nos pensées, mais appliquons-nous ses recommandations ? Pourtant, lui obéir nous permet d'être servi·e au plus haut niveau : le corps qui ne ment jamais répond instantanément positivement : le soulagement est sensible. On se sent tellement rempli·e d'amour que l'on peut alors se mettre au service du collectif. Aimer sans attente en retour. Exceller dans notre mission de vie. Ce mantra vous rappelle qu'il est temps d'écouter les messages que vous avez déjà reçus à travers votre corps, votre intuition ou vos émotions. Vous savez déjà ce que vous devez faire pour honorer votre conscience. Obéissez à votre propre guidance.

Pratique : assis·e en tailleur, le dos bien droit, écoutez sans mot dire l'affirmation en anglais pendant 11 minutes. Observez comment vous recevez l'ordre d'obéir à la plus haute autorité en vous.

Version musicale suggérée : *Let thy Soul Be Awakened Affirmation* by Yogi Bhajan (sur le site satnam.de/fr).

OM MANI PADME HUM

Le mantra de la compassion

Le mantra complet :
Om mani padme hum.

Traduction : *Om* est un mantra très répandu chez les bouddhistes comme les hindouistes. Chez les bouddhistes, *Om* fait référence aux lettres AUM qui symbolisent le corps, l'esprit et la parole. *Mani* est le trésor, l'altruisme infini. *Padme* est le lotus qui incarne la sagesse. *Hum* est la combinaison des deux. Pour purifier le corps, l'esprit et la parole et faire l'expérience du plus haut degré d'amour divin, le chemin proposé par le mantra est de fusionner sagesse et altruisme.

La compassion est le plus haut degré de l'amour. Son étymologie (« souffrir avec ») et l'interprétation qu'en ont fait de nombreuses religions nous ont conduit·e·s à imaginer que cet amour ne pouvait être que sacrificiel. Pourtant, la compassion est juste notre capacité à nous reconnaître en l'autre, à voir dans sa blessure un reflet de ce qui n'est pas encore guéri en nous. Nous ne sommes qu'un avec tout ce qui est. À chaque fois que l'un d'entre nous se libère, c'est l'humanité tout entière qui est libérée. Tant que l'un d'entre nous est dans la peine et la séparation, c'est l'intégralité de l'humanité qui est peinée. Êtes-vous prêt·e à relâcher les conflits qui vous maintiennent dans un état de séparation ? Êtes-vous prêt·e à comprendre que ceux·elles à qui vous en voulez encore n'ont pas réussi à faire autrement que comme il·elle·s ont fait ? Observez comme nourrir encore la colère et le ressentiment vous consume et vous prive du trésor – *Mani* – dont vous pourriez faire l'expérience dès à présent. Reconnaître et voir la blessure d'autrui, c'est se donner une chance de guérir collectivement. Le mantra bouddhiste *Om Mani Padme Hum* est un diamant d'une infinie beauté. Non seulement il nous guide sur le chemin de l'éveil mais il nous ouvre à la fréquence vibratoire de la compassion. Cette énergie offre une ouverture de cœur si grande que le pardon paraît possible. Un pardon qui n'est pas dogmatique ou matériel mais qui consiste à voir, à reconnaître, à aimer et à relâcher l'expérience. Elle est passée, derrière nous. Il n'y a plus aucune raison à présent de s'y agripper. Au contact du son, la sagesse s'amplifie et l'on prend conscience que nous devons aussi nous pardonner de ne pas avoir voulu ressentir nos propres peines et souffrances : nous ne pouvions pas faire autrement. Nous pouvons désormais nous pardonner d'avoir bâillonné et mutilé nos ombres en espérant les faire disparaître. Il est temps d'avoir de la compassion pour les autres. Il est temps d'avoir de la compassion pour nos plaies et cesser de leur jeter l'acide de nos jugements.

Pratique : chantez ce mantra les yeux fermés assis·e en tailleur, les mains sur le cœur. Vous pouvez aussi le chanter face à face avec un partenaire en vous regardant droit dans les yeux. Idéalement 108 fois. Ou bien au moins 7 minutes.

Version musicale suggérée : *Om Mani Padme Hum* de Raza.

OM NAMAH SHIVAYA

La puissance purificatrice du feu

Le mantra complet :
Om namah shivaya shivaya om namah.

Traduction : *Om* est le son de l'univers qui donne naissance à tout ce qui est. *Namah* veut dire s'incliner. *Shivaya* signifie : à Shiva. Donc, je m'incline devant Shiva. Mais on peut aussi découper « namah shivaya » de la manière suivante : *Na* représente l'élément Terre, *Mah* l'eau, *Shi* le feu, *Va* l'air, *Ya* l'éther, c'est-à-dire les cinq éléments constitutifs de tout ce qui existe dans le cosmos.

Une transformation gigantesque est en cours. Vous avez rêvé d'un changement qui vous permette enfin de vous délester d'une situation qui ne vous convient plus, de vos rancœurs passées, de vos vieux schémas et programmes encodés ? Cette carte vous répond que vous avez été entendu·e par la plus haute instance de la purification : Shiva. Toujours représenté avec un troisième œil sur le front, un croissant de lune sur la tête, un cobra autour du cou et un *trishula* (trident) érigé vers le ciel, Shiva est, dans la culture indienne, le Dieu qui détruit, permettant au nouveau monde d'émerger. Pour comprendre sa puissance, il suffit de regarder un feu s'élever vers le ciel. Sa force est si grande qu'on ne peut s'en approcher qu'avec révérence. Lorsqu'on n'a pas d'alcool pour désinfecter une lame ou une aiguille, c'est la flamme qu'on utilise pour purifier. Le feu alchimise, métamorphose, transmute à l'instar du souffleur de verre qui cueille la boule en fusion et la transforme en vase délicat. Ce mantra fondamental pour les hindouistes est une salutation au seigneur de « bon augure ». C'est une déclaration de confiance en la métamorphose en cours. Il n'y aura pas de retour en arrière, faites la place pour le renouveau car la mutation est enclenchée. Jetez dans les flammes tout ce que vous avez besoin de transformer, la rage comme la peur. La figure de Shiva tranche et coupe dans la mangrove de nos illusions, de nos attachements et de notre ignorance pour nous offrir un accès à la pureté de l'état d'être. « Il est paraît-il des terres brûlées donnant plus de blé qu'un meilleur avril », chantait Jacques Brel. Sortir de nos perceptions mensongères n'est pas confortable. C'est cependant le seul chemin vers l'absolue légèreté d'être et l'accès à nos potentiels illimités.

Pratique : chantez ce mantra avec dévotion et révérence. Assis·e en tailleur, la colonne bien droite, les yeux fermés, la concentration au 3e œil, les mains en gyan mudra (pouce et index joints) posés sur les genoux.

Version musicale suggérée : *Aum Namah Shivaya* de Sam Garrett.

ONG NAMO GURU DEV NAMO

Connexion à la conscience universelle

Le mantra complet :
Ong namo guru dev namo.

Traduction : à l'instar de *Om* pour les boudhistes et les hindouistes, *Ong* est le son de l'infini. Il englobe toute la sagesse universelle, celle de notre conscience qui est directement reliée à celle du cosmos tout entier. Namo signifie « je m'incline ». Guru est à la fois l'enseignant mais aussi le processus de réalisation qui nous permet de passer de *Gu* (l'ombre) à *Ru* (la lumière). Dev est un raccourci de Deva qui fait référence au divin (qualifiant ici le mot *Guru*). Donc : je m'incline devant la sagesse universelle et je m'incline face à l'enseignement divin qui me permet de passer de l'ombre à la lumière.

Cette carte vient d'ajouter un nouveau contact à votre répertoire téléphonique : le numéro direct de l'infinie sagesse. Celle qui est nichée en vous. Celle qui vous traverse à chaque instant. Celle qui est alignée avec la sagesse universelle, intemporelle et immortelle. Ce mantra est celui que l'on chante trois fois au début de chaque cours de kundalini yoga. Sa fréquence est si puissante que quel que soit l'état dans lequel on arrive sur son tapis, qu'on soit submergé par le stress ou excité à l'idée de méditer, il suffit de redresser la colonne vertébrale, de prendre une grande inspiration et de chanter ces syllabes sacrées pour avoir une sensation de « reset ». En traversant le corps et l'énergie, le *naad* (le courant sonore) déclenche une réinitialisation automatique de vos fonctionnalités. Ce mantra donne accès à la chaîne d'or d'enseignements millénaires qui nous ont précédés. Les doigts se branchent dans la prise d'une encyclopédie universelle de conscience illimitée. On oublie que nous portons au cœur de notre ADN la mémoire de l'humanité tout comme la mémoire du vivant. Notre conscience, elle aussi, détient les archives de la sagesse. Si vous vous sentez déconnecté·e de vous-même, débranché·e de l'infinie source que vous avez en vous, si vous avez l'impression d'être dans la dualité avec tout ce qui vous entoure, il est temps de chanter ce mantra et de vous incliner devant les trésors que vous portez en vous. *Ong Namo Guru Dev Namo* réaligne et suture d'un fil d'or les plaies qui nous fragmentent. En le chantant, toutes les parties de nous s'unissent, s'assemblent et s'inclinent devant la beauté pure. Inutile de chercher les réponses à l'extérieur ou d'idolâtrer des maîtres. Le seul véritable maître que vous devez trouver est déjà à l'intérieur de vous.

Pratique : les mains en prière au centre du cœur, les pouces pressés contre le sternum, le menton légèrement rentré, la nuque étirée et la colonne érigée vers le ciel, chantez ce mantra les yeux fermés, la concentration au point entre les sourcils. Savourez pendant au moins 7 minutes.

Version musicale suggérée : *Ong Namo* de Snatam Kaur.

ONG SO HUNG

Je suis l'infini

Le mantra complet :
Ong so hung.

Traduction : « Infini, je suis toi. »

Cette carte vous indique que vous êtes actuellement pris·e au piège de vos croyances limitantes. Vous naviguez dans un périmètre restreint comme si l'espace autour de vous avait rétréci. Votre cœur lui aussi est compressé. Cette sensation d'asphyxie, de stress ou d'irritation n'est pas uniquement liée aux circonstances extérieures. Elles sont le reflet de ce qu'une partie de vous-même croit être vrai. Identifier les logiciels limitants que nous réactualisons sans cesse sans nous en rendre compte est une étape essentielle pour retrouver l'espace dont nous avons besoin. Servez-vous de ce qui vous met « hors de » vous. Ces détonateurs qui déclenchent une explosion interne nous livrent une cartographie de ce qui nous limite encore. Observez comme au sein d'un groupe de proches, la même situation va provoquer des réactions totalement différentes. Certain·e·s ne se sentiront pas impacté·e·s émotionnellement. Ils sauront garder leur calme et faire entendre le message qu'ils souhaitent délivrer. Alors que d'autres se sentiront tellement agressé·e·s qu'il·elle·s seront prêt·e·s à sortir les griffes pour convaincre qu'il·elle·s ont raison. Nos réactions les plus épidermiques reflètent la mélodie dissonante des croyances internes que l'on a accumulées au cours de la vie : « Tu n'es pas assez », « tu ne mérites pas », « tu ne peux pas »... En nous battant contre elles, on ne fait que les valider et restreindre encore l'espace dont nous jouissons. Ce mantra nous décolle de la narration limitante. Il nous catapulte face à l'horizon d'un océan ou au milieu d'un désert de dunes sans contour. Vous êtes l'infini. L'infini et vous ne formez qu'un. Observez les astres dans le ciel et souvenez-vous que vos atomes sont composés de fragments d'étoiles. Laissez les limitations se détacher comme une peau morte et écartez grand vos bras : tout est possible, dès à présent.

Pratique : chantez ce mantra, assis en tailleur, les mains en prière au centre de la poitrine afin d'activer le chakra du cœur. Faites résonner le son *Ong* le plus longuement possible dans le nombril et à l'arrière du palais. Le son *Hung* se prononce en aspirant le H avec un son plus bref. 11 minutes pour se connecter à l'unité du chiffre 1.

Version musicale suggérée : *Ong So Hung* de Guru Singh, The Guru Singh Experience.

PAVAN PAVAN

Retrouver le souffle de vie

Le mantra complet :
Pavan pavan pavan pavan par para pavan guru pavan guru wahe guru wahe guru pavan guru.

Traduction : *Pavan* est le souffle divin, *Par Para* signifie « encore plus loin que l'au-delà », *Pavan Guru* veut dire que c'est le souffle qui est mon enseignant et, de cette manière, je fais l'expérience extatique du divin : *Wahe Guru*. Ce mantra est souvent traduit par : « Que la force soit avec toi. »

Le vent se lève. Visualisez-vous sur les falaises d'une côte face à l'océan Atlantique. Le souffle est si fort qu'il incline les corps vers l'arrière, fait plier les branches et déchaîne les vagues contre les rochers. Les pores de la peau semblent aussi ouverts que les alvéoles des poumons. L'air est si rafraîchissant. Il décolle tout sur son passage, les cheveux comme les feuilles des arbres. Alors que vous manquiez d'énergie, ce mantra vous fait la promesse d'un regain de vitalité. Relié à l'élément air, ce chant harmonise le prana, cette force de vie qui infuse le corps à l'inspiration. Êtes-vous en manque d'oxygène ? Vous sentez-vous étouffé·e par un poids constant sur la poitrine, comme si vous viviez en apnée sous la pression des profondeurs ? Vos poumons réclament que vous preniez le temps d'inspirer lentement par le nez, que vous arrosiez tout votre corps d'oxygène et de renouveau. La glande du thymus, qui pilote votre système immunitaire entre la thyroïde et le sternum, exige que vous respiriez le dos bien droit en ouvrant la poitrine et en rapprochant les omoplates. Votre chakra du cœur supplie à son tour : il est temps de laisser l'air vous aider à lâcher prise. Regardez vos chagrins, vos peines et vos deuils s'envoler comme on s'émerveille devant des ballons gonflés à l'hélium qui se hissent vers le ciel. Ce mantra réinsuffle de l'énergie vitale et de la joie partout où l'air est venu à manquer. En le chantant, la mélancolie et la tristesse se dissolvent peu à peu. Cessez de fuir ce que vous ne voulez pas ressentir et que vous stockez sous votre carapace. Osez connecter votre vulnérabilité car c'est elle qui vous donnera accès à votre force de vie. Lorsqu'on renoue avec l'élément air, en soi et autour de soi, il n'est pas difficile de sortir de son isolement, de la solitude et des drames du passé. Brusquement, on prend conscience que chaque nouvelle respiration est un cadeau. Savourez cette force de vie, ouvrez grand les fenêtres et inspirez à pleins poumons !

Pratique : chantez ce mantra les mains posées au centre de la poitrine (main gauche sur le torse, main droite par-dessus la main gauche). Une autre option revigorante consiste à brasser l'air en faisant des rotations avec ses mains vers l'intérieur du cou, comme si les mains étaient des éventails, pendant que l'on chante sur une expiration (les doigts restent collés entre eux). Sur l'inspiration, on frappe les cuisses, puis les mains entre elles, on claque des doigts et on frappe à nouveau dans ses mains, et on repart en mode « ventilateur » près du visage. Très joyeux ! 11 minutes.

Version musicale suggérée : *Pavan Guru* de Gurudass Kaur Khalsa.

PRANA APANA SUSHUMNA HARI

Éliminer et accueillir le vide

Le mantra complet :
Prana apana sushumna hari, hari har hari har hari har hari.

Traduction : *prana* est la force de vie qui permet à l'air de traverser les poumons. *Apana* est la fonction d'élimination, c'est-à-dire l'expiration et l'action des organes émonctoires. *Sushumna* est le canal central à travers lequel l'énergie issue des deux autres *nadis* (canaux), Ida et Pingala, s'entrelace en plusieurs points, laissant la kundalini circuler de la base de la colonne au sommet du crâne. *Har* est le divin sous sa forme manifestée. *Hari* est le divin en action. Dès lors que ma force de vie arrive au point d'équilibre parfait avec ma capacité à éliminer, le divin circule donc en moi librement et se met en action manifeste.

Avez-vous pris le temps d'expirer pleinement aujourd'hui ? De vider complètement l'air dans votre ventre et vos poumons ? Les journées vont parfois si vite qu'on s'aperçoit le soir qu'aucune de nos fonctions d'élimination n'a été respectée. Le *prana* est alors épuisé car on n'a fait qu'absorber de petites quantités d'air dans la cage thoracique sans jamais rejeter pleinement le gaz carbonique et faire marcher notre *apana*. Et il y a bien d'autres façons d'accumuler des déchets énergétiques et organiques. Il n'est pas rare de se retenir d'aller aux toilettes pour gagner quelques secondes dans une conversation. Le besoin fondamental semble s'évanouir dans la distraction et c'est seulement quelques heures plus tard, lorsque la douleur est perceptible dans la vessie, que l'on s'aperçoit qu'on ne peut plus attendre. De même, lorsqu'une émotion inconfortable surgit et qu'on ne prend pas le temps de la ressentir, alors aucune chance de la dissoudre : elle est soudainement emprisonnée et camouflée par une action d'évitement (attraper son téléphone, manger, fumer, boire, regarder un écran, travailler, s'agiter…). Cette carte vous demande de prendre le temps d'éliminer. Cessez d'accumuler les pensées comme les objets qui débordent de vos tiroirs. Expirez et ressentez le vide ! C'est cet accès au « rien » qui vous fera rencontrer le plein de vous-même. Stoppez toute action, asseyez-vous et ralentissez votre expiration. Prenez conscience de tous les muscles engagés, des côtes flottantes qui se resserrent comme un accordéon, du mouvement d'élévation du diaphragme, du ventre qui se dégonfle, des poumons qui rétrécissent. Observez. Si le mental se remet à vouloir expliquer, rationaliser, disséquer, restez attentif·ve au souffle et au vide. Ne vous laissez pas embarquer par les petites histoires qui vous ratatinent. C'est dans l'exploration du vide que vous avez accès à l'instant présent, cette éternité sereine entre deux pensées. Osez la solitude, le silence et le jeûne. Et souvenez-vous de la citation d'Albert Camus : « Au milieu de l'hiver, j'ai découvert en moi un invincible été. »

Pratique : asseyez-vous en tailleur, relevez les mains à hauteur des épaules, paumes tournées vers l'avant. Serrez les auriculaires et les annulaires ensemble, les index et les majeurs ensemble et écartez le pouce (le salut dans *Star Trek*). Inspirez profondément et chantez trois fois sur une expiration le mantra sans reprendre votre souffle. 7 minutes minimum.

Version musicale suggérée : *Prana Apana* de Simrit.

RA MA DA SA

L'énergie de guérison

Le mantra complet :
Ra ma da sa sa say so hung.

Traduction : *Ra* est le soleil. *Ma* signifie la lune. *Da* désigne la terre. *Sa*, l'infini impersonnel. *Say* signifie toi. *So* veut dire « moi » ou « je ». *Hung*, l'infini. Ces huit syllabes font appel à l'énergie du cosmos, équilibrent les forces en présence pour que l'on puisse s'identifier à l'infini et guérir à travers lui.

L'énergie de guérison est partout. Dans les plantes gorgées de chlorophylle, dans le miel des abeilles qui adoucit la gorge, contre l'écorce d'un arbre centenaire qui écoute nos secrets, dans les mains du rebouteux et du coupeur de feu, dans l'essence distillée à la vapeur qu'on pose sur les poignets, dans l'eau de la rivière cristalline qui descend de la montagne, dans le feu du soleil qui met le sourire aux lèvres, dans un rituel de pleine lune, dans le message reçu d'un être aimé, dans l'étoile filante qui redonne de l'espoir, dans le bol de soupe d'une mère pour son enfant, dans l'humanité des soignant·e.·s, dans le ronronnement d'un chat blotti contre nous… L'énergie de guérison n'est pas réservée à un groupe d'élus. Elle traverse quiconque veut bien s'ouvrir à la recevoir. Vous n'avez pas tiré cette carte par hasard. Ce mantra connu pour son immense pouvoir de guérison vous propose d'accepter aujourd'hui de recevoir. Transformez-vous en réceptacle neutre, sans aucune autre intention que celle de laisser vos parois être effleurées par la vibration sonore. Pas besoin de réfléchir ni de fomenter. Juste recevoir. *Ra Ma Da Sa* est un mantra que l'on chante pour soi-même lorsqu'on ressent un dysfonctionnement dans son corps physique, un déséquilibre émotionnel ou une dysharmonie énergétique. En anglais, maladie se dit disease, soit le contraire de l'aisance. La pleine santé s'exprime lorsque toutes nos cellules sont au service de l'unité, de l'aisance et la grâce. Dès lors qu'un groupe d'entre elles se met à jouer individuellement pour elles seules, alors la maladie (dis-ease) apparaît. La nature est notre plus grande ressource pour apprendre à vibrer la guérison. Vivre en harmonie avec la terre et ses saisons, avec la lune et ses cycles, est un portail essentiel pour la pleine santé. Ce mantra vous invite à prendre soin de tout ce qui demande à être guéri en vous. En acceptant de recevoir, vous pourrez, en outre, diffuser cette énergie à ceux qui en ont besoin autour de vous. Devenez le·a transmetteur·rice de la guérison que vous avez reçue...

Pratique : asseyez-vous en tailleur et la colonne bien droite, pliez les coudes et gardez-les le long des côtes. Ouvrez les avant-bras de chaque côté extérieur du corps, les paumes des mains vers le ciel et ouvertes comme des plateaux. Les yeux fermés, chantez en vous ouvrant à recevoir durant 11 minutes.

Version musicale suggérée : *Ra Ma Da Sa* de Patricia Lobato & Renato Motha.

RA RA RA RA MA MA MA MA

Équilibrer les polarités

Le mantra complet :
Ra ra ra ra ma ma ma ma rama rama rama rama sa ta na ma.

Traduction : *Ra* est l'énergie solaire. *Ma* est l'énergie lunaire. *Rama* est une manière de désigner le divin lorsque les deux polarités sont en fusion. *Sa Ta Na Ma* : la naissance, la vie, la mort, la renaissance.

L'univers tout entier est polarisé. On trouve sur terre comme dans l'espace d'innombrables paires d'opposés. Ombre et lumière. Astres et trous noirs. Lune et soleil. Destruction et création. Inspiration et expiration. Chaleur et fraîcheur. Peut-on faire fonctionner une batterie sans connecter simultanément l'anode et la cathode ? Il suffit qu'un pôle ne soit pas connecté au récepteur métallique et la pile ne pourra pas marcher. La respiration ne peut exister sans expiration ou inspiration. Retenez le souffle à poumons vides et vous tomberez instantanément amoureux de l'inspiration. Faites la même expérience, la cage thoracique pleine d'oxygène, et vous finirez par n'avoir qu'une envie : expirer. Dans le yoga, dès lors qu'on parle d'énergie féminine (yin) et d'énergie masculine (yang), beaucoup caricaturent ces enseignements pour en faire des généralités au sujet des hommes et des femmes. L'âme n'a cependant pas de genre. Ce ne sont pas les caractéristiques du corps physique qui déterminent les polarités énergétiques de chacun. Qu'on soit une femme, un homme, transgenre ou intersexe, nous disposons tous d'énergies yin et yang. Lorsqu'elles sont équilibrées, elles servent l'union avec tout ce qui est. Lorsque l'une d'entre elles est surexprimée, l'homéostasie comme la balance émotionnelle en sont perturbées. Le tirage de cette carte exige que vous reconnaissiez quelle polarité a pris le dessus ces dernières semaines. Ces dernières années. Quelle énergie a quitté sa dimension sacrée pour tenter d'écraser l'autre ? Quelle polarité vous fait défaut ? Est-ce la réceptivité, l'intuition, la créativité, l'empathie et l'imagination ? Ou bien est-ce la logique, la détermination, le soutien aux autres, le sens de la direction et la capacité à concrétiser ? Les changements de paradigme profonds qui se sont déclenchés ces dernières années exigent que tous les humains questionnent les déséquilibres qui ont mené aux rapports de domination et de soumission encore en cours. Il n'y a pas une polarité à privilégier plutôt qu'une autre. Lorsque chacune déploie son trésor, alors l'équilibre divin émerge au centre. Ce mantra vous demande d'éviter le piège de la caricature et de rencontrer votre vérité en harmonisant ce qui est encore surexprimé...

Pratique : chantez ce mantra les mains en gyan mudra et assis·e en tailleur. Si vous le pouvez, partagez ce mantra avec un·e partenaire en vous installant face à face et en vous regardant les yeux dans les yeux. Les mains sont posées face à face à hauteur des épaules. Ne vous quittez pas des yeux. 11 minutes minimum.

Version musicale suggérée : *Ra Ma* de Gurudass.

RAKHE RAKHANHAR

Prendre de l'altitude

Le mantra complet :
Rakhe rakhanhar aap ubaarian, gur kee pairiiee paa-i kaaj savaarian, hoaa aap dayyal manaho na visaarian, saadh janaa kai sang bhavajal taarian, saakaat nindak dusht khin maa-eh bidaarian, tis sahib kee tayk nanak manai maa-eh, jis simrat sukh ho-i sagalay dukh jaa-eeh (x 2).

Traduction : « Toi qui sauves, sauve-nous tou·te·s et permets-nous de traverser, tu élèves et accordes l'excellence, tu nous as amené·e·s aux pieds de lotus du Guru, et toutes nos missions sont accomplies, tu es miséricordieux, bon et plein de compassion, ainsi nous ne pouvons t'oublier. En compagnie des saints, tu nous sauves de la mauvaise fortune, des calamités et du scandale. Tu détruis les ennemis calomnieux sur-le-champ. Grand seigneur, tu es mon ancre. Oh Nanak, maîtrise ton mental. En méditant et en répétant son nom, tous les bonheurs arrivent et les souffrances disparaissent. »

Cette carte indique qu'il est temps de prendre de la hauteur et de décoller votre regard de l'illusion dans laquelle vous êtes plongé·e actuellement. Si vous vous sentez victime d'injustices, si vous avez la sensation que le sort s'acharne contre vous, que vous n'êtes ni soutenu·e, ni aimé·e, si vous avez la sensation de vous battre les poings nus contre des murs en béton armé, vous êtes probablement pris·e au piège du maillage arachnoïde de la dualité. Une fracture intérieure qui parcelle toutes les parties de nous, comme si elles luttaient les unes contre les autres. Ce mantra, qui exige de la ténacité pour apprendre à le prononcer et de la patience pour le connaître par cœur, est issu du texte sacré sikh *Rehras Sahib*. Il est traditionnellement chanté le soir pour retrouver du courage après une journée épuisante. En kundalini yoga, cet extrait devenu légendaire fait partie des méditations traditionnellement célébrées pendant la sadhana (pratique matinale). Il offre instantanément l'énergie du guerrier spirituel, celui qui rayonne tellement qu'il n'a pas besoin de sortir son épée pour désarmer son ennemi. Il ne connaît pas l'amertume de la vengeance : c'est la compassion et la paix qui guident ses pas. Il est aussi paisible et respecté qu'un aigle planant au-dessus de la montagne. Il sait reconnaître sa défaite et saluer son adversaire tel un médaillé olympique ou un alpiniste chevronné face aux éléments. Son éthique et son sens du service pour le collectif sont ses valeurs inaliénables. Au contact de ce mantra, toute épreuve semblera glisser sur les plumes de vos ailes déployées. Le texte récité n'agit pas comme une prière dévotionnelle qui serait accordée par un Seigneur récompensant ou punissant les humains. Il enclenche un changement de perspectives et permet de rester stable dans toutes les situations.

Pratique : assis·e en tailleur, croisez l'index et le majeur de chaque main, puis posez chaque pouce sur le mont de Mercure (le coussinet à la base de l'auriculaire dans la paume de la main). Sur le premier vers, ramenez les mains croisées devant la poitrine (main gauche par-dessus la main droite), puis décroisez-les et reposez-les sur les genoux sans relâcher le mudra (geste des mains). Continuez en alternant en rythme.

Version musicale suggérée : *Rakhe Rakhan Har* de Karta Singh & Friends (album *Sadhana for The Peaceful Warrior* disponible en CD sur le site satnam.de/fr/).

SAT CHIT ANANDA

La béatitude de l'état d'être

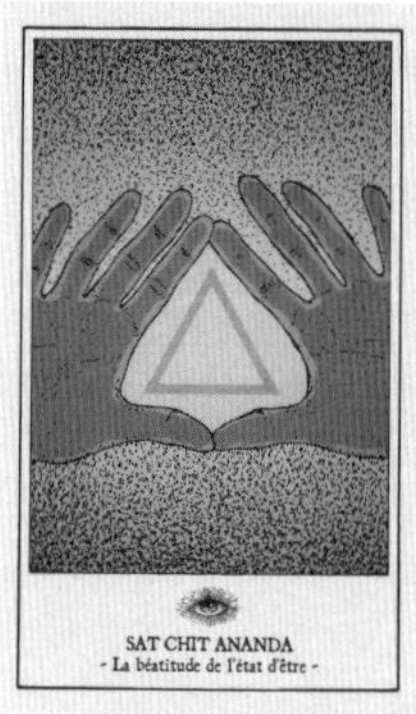

Le mantra complet :
Sat chit ananda.

Traduction : *Sat* signifie à la fois la vérité mais aussi l'état d'être, l'existence en elle-même. *Chit* est la conscience. *Ananda* est la béatitude, soit le flot d'amour illimité qui ne connaît pas le manque.

Cette carte vous propose de faire l'expérience de la béatitude. L'extase au-delà de tout ce que votre mental est capable de formuler. Inutile de comprendre la physique quantique ou bien d'avoir un doctorat en philosophie pour ressentir la béatitude. Pour une fois, ni votre intelligence ni votre forme physique, ni même votre beauté ne sont requises pour l'expérimenter. Bien au contraire, il est temps d'abandonner la croyance selon laquelle il faudrait être arrivé·e à un sommet – réussite professionnelle et amoureuse, compte en banque abondamment rempli, vie sociale animée, perfection plastique, exploit sportif, résolution de tous les traumatismes du passé, orgasme sexuel ou utilisation d'hallucinogènes – pour rencontrer la béatitude. Le *bliss*, tel que le nomment les anglophones, est un état d'être. Il ne dépend pas des circonstances extérieures. Il apparaît à chaque fois que vous en faites le choix. C'est une fréquence vibratoire à laquelle on a accès beaucoup plus simplement que l'on ne l'imagine. Fermez les yeux et posez votre attention sur votre souffle. Uniquement le souffle. Abandonnez tout le reste. Coupez tous les attachements qui vous tiennent éloigné·e·s du souffle. Que reste-t-il une fois que vous relâchez vos émotions de passage, le fardeau de vos soucis, votre passé, votre futur, vos ressentis corporels ? Vous ! Si vous pouvez en faire l'expérience, c'est bien qu'il y a quelque chose en vous qui existe indépendamment de tout le reste ? Si vous répétez cet exercice plusieurs fois dans la journée et de plus en plus régulièrement, vous saurez comment vibrer par vous-même et sans raison cette fréquence de béatitude. Ce ne sont pas les succès qui peuvent donner naissance à cette fréquence. En choisissant de la vibrer sur commande, la course folle que vous menez pour arriver au « bonheur » vous paraîtra insensée. De cette béatitude, « vous », en tant que conscience, avez accès à la réalisation du scénario de votre choix. Qu'est-ce qui vous empêche à présent d'essayer ? La peur d'être perçu·e comme un·e « imbécile heureux·se » ? La croyance qu'il faut souffrir pour connaître l'extase ? Ou que vous risquez d'y perdre la tête ? *Sat Chit Ananda* murmure à vos oreilles : vous méritez d'avoir accès à l'absolu. C'est votre droit de naissance. Choisissez de le saisir dès aujourd'hui. Et laissez-le vous déborder, il ne connaît pas de limite.

Pratique : assis·e en tailleur ou sur le rebord d'une chaise, la colonne bien droite, fermez les yeux et répétez lentement d'un ton monocorde le mantra. Vous n'avez pas besoin de musique. Restez concentré·e sur le courant sonore et votre souffle. Dès que vous repartez dans vos pensées, focalisez à nouveau sur les syllabes.

Version musicale suggérée (pour entendre la prononciation et pour le plaisir) : *Sat Chit Ananda* de Marianela Ortiz & Gabriel Loynaz.

SAT KARTAR

L'ouverture du cœur

Le mantra complet :
Sat kartar.

Traduction : *Sat* signifie la vérité. *Kartar* signifie le créateur, celui qui est à l'origine de la création.

Lorsque le cœur a pleuré des rivières et qu'il s'est blessé mille fois dans les ronces, il se ferme à la lumière du jour, comme un animal prend refuge dans sa grotte. Le dos se voûte, la cage thoracique se creuse et le poids des épaules s'enroule encore un peu plus vers l'avant, sous le fardeau à porter. Certains thérapeutes n'ont pas besoin d'écouter ni de toucher leur patient pour savoir si leur chakra du cœur est ouvert et activé : la simple vision de leur posture leur donne déjà suffisamment d'indications. Et comment pourrait-on s'en vouloir d'emmurer ce qui a été meurtri ? Réécrire et se reprocher le passé ne conduisent qu'à souffrir davantage. Capturé dans son cachot, le chakra du cœur ne peut alors plus jouer son rôle, c'est-à-dire recevoir et diffuser l'amour sans condition qu'il sait générer par lui-même. Or, c'est là que se trouve notre médecine. Lorsque ce centre énergétique est verrouillé, on ne voit plus les marques de gentillesse de son entourage, on ne focalise plus que sur le drame, la séparation et le conflit. Le jugement des autres et de soi-même prend le dessus sur la compassion. On ne perçoit plus les opportunités qui s'offrent à nous et l'on se sent isolé·e. La carte que vous venez de tirer vous fait le cadeau d'une vibration d'amour illimité. Ce mantra redonne confiance en l'amour. L'amour de soi, la relation amoureuse, la relation amicale. L'amour de toute l'humanité. L'amour de la planète et du cosmos. L'amour sous toutes ses formes. Il se chante accompagné de gestes (voir la pratique ci-dessous) qui ancrent le choix de l'ouverture. L'un après l'autre, vous utilisez votre libre arbitre pour retirer les voiles qui étouffent le chakra du cœur. Chaque répétition de *Sat Kartar* libère la poitrine. La lumière peut alors traverser et s'étendre tout autour du torse. D'abord à quelques centimètres devant le chakra du cœur, au niveau du sternum. Puis, au fil de la méditation, vous sentirez votre champ électromagnétique se déployer devant vous comme dans votre dos. Vous êtes digne d'aimer et d'être d'aimé·e !

Pratique : assis·e en tailleur, placez les mains en prière devant le sternum. Sur le son *Sat,* ne bougez pas. Sur le son *Kar,* écartez les mains l'une de l'autre au niveau des épaules, paumes tournées vers l'avant. Sur le son *Tar,* écartez plus grand les bras, les poignets cassés, les paumes tournées vers l'extérieur, comme si vous cherchiez à repousser les murs de chaque côté de la pièce où vous vous trouvez. Continuez en reprenant les mains en prière sur Sat.

Version musicale suggérée : sur YouTube, vous trouverez une vidéo gratuite appelée *Spirit Voyage Global Sadhana : Open to Love with Ramdesh and Sat Kartar (Meditation).*

SAT NARAYAN

Besoin de paix intérieure

Le mantra complet :
Sat narayan wahe guru hari narayan sat nam (il existe une légère alternative avec Sat narayan hari narayan hari narayan hari hari).

Traduction : « Véritable soutien, sagesse indescriptible, source de toute création : telle est la vérité de mon essence. »

L'eau recouvre plus de 70 % de la surface de la terre et représente plus de 60 % du corps humain. Lorsqu'elle est en mouvement, elle est le ruisseau transparent qui traverse les chemins de pierres et vient étancher la soif. Puissante, elle est le rouleau qui déferle et peut engloutir le navire, le barrage et même les habitations au bord du rivage. Déterminée lorsqu'elle s'infiltre dans les murs, elle défie même les architectures les plus ingénieuses. Elle est la vague ininterrompue sur la plage, qui se retire et revient inlassablement. Elle est à la fois la splendeur du flocon de neige, la glace sur les sommets éternels, la vapeur des nuages et la pluie qui nourrit la terre. Elle est le calme du lac et le flot vigoureux de la rivière. Lorsqu'elle est transparente, elle clarifie la vision nous montrant comme une loupe ce qui se trame dans les profondeurs d'un bassin. Boueuse, elle nourrit les nénuphars à la surface de toutes ses bactéries bienfaisantes. Stagnante, elle devient l'effluve de moisissure du vase qui n'a pas été changé pendant plusieurs jours d'affilée ou le verre d'eau croupie dangereuse pour la santé. Ce mantra, qu'on appelle aussi le *Chote Pad Mantra*, initie la paix intérieure et rééquilibre votre relation à l'élément eau. Retenez-vous l'eau stagnante dans vos cellules comme vous pourriez retenir les vieilles blessures ? Êtes-vous déshydraté·e et assoiffé·e de fluidité ? Vos reins, qui archivent les peurs de votre lignée, auraient-ils besoin de s'inspirer du courant continu de la source ? Visualisez-vous flottant dans une eau douce, calme et paisible. Une eau réconfortante comme un bain amniotique, dans lequel le corps n'oppose plus aucune résistance. Totalement détendue, l'eau intérieure se met à l'unisson des micro-mouvements de celle au-dehors. Imaginez la résonance du son du mantra sur tous vos liquides comme ceux que l'on voit vibrer au centre des bols chantants. Chaque syllabe prononcée active la fréquence de l'unité. L'unité avec l'intérieur comme avec l'extérieur. L'union avec la vérité et la sagesse. La paix est enfin de retour. Savourez cette sérénité !

Pratique : il existe de magnifiques communications célestes pour accompagner ce mantra mais il est impossible de les expliquer seulement par écrit, sans montrer chaque geste en mouvement. Une autre façon très efficace de récolter les bénéfices de ce mantra est de placer les mains sur le sternum, main gauche en dessous, main droite par-dessus.

Version musicale suggérée : *Sat Narayan* de Simrit Kaur.

SAT SIRI, SIRI AKAL

Accepter sa multidimensionnalité

Le mantra complet :
Sat siri siri akal siri akal maha akal maha akal sat nam, akal murat wahe guru.

Traduction : « Grande vérité, grande immortalité, grande immortalité au-delà de la mort. Au-delà de la mort, la vérité est son nom, le divin dans sa forme immortelle, quelle extase que la sagesse. »

Pour qu'une métamorphose puisse avoir lieu, il faut accepter de laisser mourir l'ancien afin d'accueillir le nouveau. Comment imaginer qu'une chenille poilue et urticante puisse porter en elle la promesse d'un papillon aux ailes multicolores ? L'observation scientifique de sa transformation nous apprend qu'elle dispose de disques imaginaux (constitués de cellules souches) répartis à plusieurs endroits de son corps. Ces cellules deviendront les yeux, les ailes ou encore l'organe de reproduction du papillon. Pourtant, lorsqu'elles commencent à grandir et à se développer, le système immunitaire de la chenille s'attaque à elles, les prenant pour un virus étranger. Certaines de ces cellules souches de papillons n'y résistent pas mais elles sont si nombreuses à se démultiplier et à s'unir que le corps de la chenille finit par abdiquer. La chenille et le papillon partagent le même ADN, mais l'expression de leurs gènes est radicalement différente. Les grandes transformations de la vie ne sont jamais les périodes les plus confortables. Nos vieux programmes se comportent comme la chenille avec les cellules du papillon. Ils résistent et tentent de détruire la métamorphose en cours. Et c'est cette lutte qui crée tant de douleurs. Si nous acceptons pleinement de laisser partir ce que nous avons été, nous pouvons alors nous réinventer et nous rapprocher de l'essence divine qui nous constitue. Ce mantra enseigne le caractère immortel de la conscience. Non attachée à la forme, elle est programmée pour se déployer à l'image du cosmos qui ne cesse de se dilater. Ce mantra, qui fait partie des méditations chantées lors de la sadhana du Verseau (la pratique matinale du kundalini yoga), accompagne les grands changements de paradigmes, individuels et collectifs : un nouveau monde peut éclore même lorsque ceux qui l'appellent de leurs vœux sont minoritaires. Unis, ils deviennent invincibles. Il aide aussi à accepter la disparition de nos proches et le caractère mortel du corps physique : la conscience, elle, est illimitée. Elle ne peut cesser d'exister. Même lorsque le corps n'est plus, l'essence divine continue son expansion. Quel que soit le deuil en cours, qu'il s'agisse d'une partie de vous-même, d'une période révolue ou d'un être cher, laissez-vous guider par ce mantra vers l'immortelle vérité.

Pratique : assis·e en tailleur, les mains posées sur les genoux en gyan mudra (pouce et index joints), chantez le mantra pendant au moins 7 minutes, les yeux fermés, concentration au 3e œil.

Version musicale suggérée : *Sat Siri, Siri Akaal* de Karta Singh & Friends (album *Sadhana for The Peaceful Warrior*, disponible sur le site satnam.de/fr/).

SHERAB CHAMMA MANTRA

La mère universelle

Le mantra complet :
Om ma wa ma dé ma hi mo ha, é ma ho ma yé ru pa, yé ta du du so ha.

Traduction : *Om* (qui ici se prononce *Aum*) est la vibration primordiale de l'univers, le son par lequel tout commence, *Ma* protège des ennemis, *Wa* protège des mauvais sorts, *Ma* protège de l'infertilité, *Dé* protège des nagas (serpents), *Ma* protège de l'illusion, *Hi* protège des actions menées par le manque, *Mo* protège de la mort, *Ha* protège des forces négatives issues des planètes, *É* est la racine de l'action éveillée, *Ma* concentre les quatre enseignements, *Ho* appelle les quatre gardiens des portes du mandala, *Ma* ses 108 manifestations à l'origine des enseignements, *Ye* ses 360 manifestations, *Ru* 5 500 manifestations pour se préparer à la méditation, *Pa* ses innombrables manifestations, *Ye* la racine primordiale de ce qu'elle manifeste, *Ta* qui dompte les êtres et les royaumes puissants, *Du* mère de la manifestation, *Du* mère des Bodhisattvas, *So* au-delà du temps et de l'espace, *Ha* à la source de la naissance de toutes les divinités.

Cette carte a la douceur d'une caresse dans les cheveux. Un baiser posé sur le front alors qu'on est déjà endormi·e. Une main bienveillante qui borde le lit et se lève dans la nuit lorsqu'un cauchemar perturbe le sommeil. C'est le regard tendre qui pardonne tous les faux pas, toutes les erreurs. C'est la biche qui lèche son petit pour lui apprendre à se nettoyer. C'est la compote maison donnée à la cuillère les jours de grippe. Le pansement posé délicatement sur le genou écorché. *Sherab Chamma* est la mère divine, la mère de toutes les mères, la mère de la sagesse, la source de la compassion. Les bouddhistes disent même que cette déité serait la mère de tous les Buddhas. Une seule goutte de son nectar d'amour inconditionnel suffit à apaiser toutes les souffrances. Êtes-vous prêt·e à accueillir l'infinie tendresse de celle que l'on appelle Tara ? Cette fréquence d'amour maternelle est si élevée qu'elle peut entrer en contact avec l'enfant que vous avez été, celui·elle dont vous vous êtes peut-être éloigné·e ? Souvenez-vous de la petite fille ou du petit garçon que vous avez été. Rappelez-vous de ses rêves et de son innocence. Est-ce qu'il lui arrive de souffrir encore de ses blessures passées ? *Sherab Chamma* vous invite à vous prendre dans vos bras et à vous bercer avec le son de son mantra. Ce chant n'est pas à prendre à la légère. Il exige que vous fassiez preuve de révérence et que vous vous incliniez d'abord devant le sacré en vous avant de méditer. Laissez la lumière de *Sherab Chamma* pénétrer toutes les dimensions de votre être. Accordez-vous cette guérison profonde, vous avez besoin de ce degré d'amour-là. L'heure de l'infinie tendresse a sonné.

Pratique : d'abord, connectez-vous aux personnes que vous aimez. Ressentez l'amour que vous avez pour elles. Reliez-vous à *Sherab Chamma* en vous connectant à votre capacité naturelle à aimer. Puis, les mains sur la poitrine, main gauche sur le sternum puis main droite posée par-dessus, chantez ce mantra 108 fois.

Version musicale suggérée : *Sherab Chamma* Mantra YouTube 720p (sur YouTube).

WAH YANTEE

L'intuition fertile

Le mantra complet :
Wah yantee, kar yantee, jag dut patee, aadak it wahaa, brahmadeh tresha guru, it wahe guru.

Traduction : « Grand Soi infini, toi qui es le Soi créatif, tout ce qui est créatif à travers le temps, tout ce qui est le grand et le Soi unifié, les trois aspects du divin réunis : Brahma, Vishnu et Shiva. C'est l'extase absolu de la sagesse. »

Faites-vous suffisamment confiance à l'étincelle de joie qui émerge de vos profondeurs lorsque vous avez une idée ? Entendez-vous cette excitation intérieure qui réveille vos circuits, comme si vos particules se mettaient en mouvement et tourbillonnaient sur elles-mêmes provoquant une inspiration soudaine dans la poitrine et le corps tout entier ? Sans savoir pourquoi, sans le comprendre avec votre intellect, vous avez soudainement envie d'aller dans une nouvelle direction. Ce mantra issu des sutras livrés par Patanjali recèlerait la somme de plus de deux millénaires de prière en son sein. On le chante traditionnellement pendant la sadhana du Verseau – la pratique matinale du kundalini yoga prescrite par Yogi Bhajan dans les années 1990 pour se préparer aux changements de paradigme du XXIe siècle. Connecté au deuxième chakra

(Svadhisthana) situé en bas du ventre, dans la région des organes de reproduction, ce mantra réveille la créativité en mouvement en nous rappelant nos qualités innées à l'image du cosmos tout entier. Et comme le deuxième chakra est directement relié avec le sixième (Ajna, situé entre les deux sourcils, au troisième œil), vous établissez avec ce mantra une connexion entre votre créativité et votre intuition profonde. L'imagination, l'inventivité, l'étincelle de l'idée s'expriment toujours à travers un élan. Une excitation intuitive que le mental ne saurait analyser. Cette sensation « d'Eureka » doit devenir votre fil d'Ariane. Cessez de mesurer la faisabilité de votre intuition créative, de juger si elle est bonne ou mauvaise, suivez-la ! Ce mouvement étincelant est à la source de toute création dans l'univers. C'est la graine qui se démultiplie et se développe. Écoutez cette pulsion de joie qui émerge rien qu'en pensant à la réalisation de votre idée. C'est votre GPS. Attention, cependant, à ne pas vous attacher au résultat. La créativité ne s'arrête jamais de danser. Si vous la figez à un objectif, vous menottez ses jambes et ses bras. Laissez-la virevolter et ouvrir ses ailes. Plus vous écouterez votre intuition créative, plus vous vibrerez la joie. C'est le passeport nécessaire pour s'élever vers l'extase de la sagesse. Parce qu'en focalisant votre attention sur votre intuition fertile, vous changez votre fréquence vibratoire et attirez à vous des situations en résonance avec cette énergie nouvelle.

Pratique : assis·e en tailleur, posez vos mains dans le giron (entre la ceinture et les genoux) main gauche en dessous main droite par-dessus, les paumes tournées vers le ciel. Vous pouvez également chanter ce mantra les mains en gyan mudra (pouces et index joints) posées sur les genoux. 7 minutes.

Version musicale suggérée : *Wah Yantee* de Nirinjan Kaur Khalsa.

WAHE GURU WAHE JIO

Se délester des vieux schémas

Le mantra complet :
Wahe guru wahe guru wahe guru wahe jio.

Traduction : *Wahe* est un cri d'extase. *Guru* fait référence à la sagesse de l'enseignement, celui qui nous conduit à passer de l'ombre (gu) à la lumière (ru). *Jio* signifie « mon âme adorée ».

Les Américains font un usage immodéré du mot *wow* pour manifester leur enthousiasme. En France, l'interjection s'introduit dans les conversations dès les années 1970 et finit par faire son entrée dans le dictionnaire plus de vingt ans plus tard, sous « *waouh* » que nous avons écourtée à l'usage, pour en faire un « *waaa* » évocateur. Ce mot, qui pourrait paraître insignifiant, porte en lui les racines indiennes du mot gurmukhi (la langue du guru) : *wahe*. Prenez-vous le temps de montrer votre enthousiasme et de vous émerveiller devant le génie qui fait battre votre cœur et tourner les planètes ? En répétant *Wahe*, ce mantra nous invite à être ébloui·e·s par l'illumination de la sagesse. Rien ne nous rend plus sages que de passer des ténèbres à la clarté, de l'ignorance à la révélation, de l'illusion à la vérité, de *gu* à *ru*. L'identification de nos ombres est la condition sine qua non pour ouvrir une brèche de lumière. Ce mantra agit comme une lampe torche qu'on poserait sur les parois d'une grotte préhistorique. Sur les murs, des peintures comme autant de codes fascinant le regard, mais aussi des ombres qui surgissent telles des chauves-souris. Dès lors qu'elles sont exposées à la lumière, elles se dissolvent et s'envolent. Elles ne constituent plus ce fardeau lourd et encombrant que l'on portait sans le savoir ni le comprendre. C'est alors que l'enseignement apparaît. Limpide. Transparent. La conscience s'élève et l'on peut quitter les tréfonds pour gagner en apesanteur. Traditionnellement chanté pendant 22 minutes lors de la sadhana de l'ère du Verseau (une pratique matinale proposée dans le kundalini yoga), ce mantra allège et illumine. Soyez confiant·e en votre chemin d'éveil. N'ayez pas peur de regarder vos ombres, ne vous laissez plus manipuler par elles, apprenez à danser avec elles. Les connaître vous conduira directement vers votre Soi divin. Ce mantra puissant offre une voie d'extase vers l'enseignement ultime : la connaissance de Soi illimitée directement reliée à la magie du cosmos. Une purification du diamant que nous sommes.

Pratique : ce mantra est utilisé dans de nombreuses méditations et kriyas (sets de posture de kundalini yoga). Lorsqu'il est chanté le matin pendant 22 minutes, on s'assoit sur le talon gauche, le genou droit est plié et le pied droit est positionné vers l'avant, les mains sont en prière devant la poitrine. Une autre méditation, qui utilise ce mantra pour nettoyer les karmas, consiste à s'asseoir en tailleur puis à lever les bras vers le ciel. Les mains sont d'abord positionnées au niveau des genoux, paumes face au ciel. Le second geste consiste à lever les mains et les bras, comme si l'on ramassait de l'eau devant soi et qu'on s'arrosait abondamment la tête. Les mains doivent donc passer au-dessus de la tête et bien au-dessus des oreilles. C'est une autobénédiction. On continue ce mouvement du bas vers le haut et inversement pendant 7, 11, 22 ou 31 minutes.

Version musicale suggérée : *Wahe Guru* de Gurudass.

WE ARE THE PEOPLE OF LOVE

Se relier les uns aux autres

Le mantra complet :
We are the people, the people of love,
let us people love today, sat nam,
sat nam, sat nam, sat nam, sat nam,
sat nam, sat nam, wahe guru.

Traduction : « Nous sommes le peuple, nous sommes un peuple d'amour, laissez-nous aimer aujourd'hui, c'est l'essence de la vérité, extase de la sagesse. »

Qu'on soit né·e dans une yourte mongole, dans une clinique privée à Los Angeles, sur un champ de bataille en Syrie ou dans une voiture sur l'autoroute ; nous sommes tous programmés pour aimer et être aimé·e·s. Quelles que soient nos opinions politiques, les conditionnements dans lesquels nous avons grandi, quel que soit notre âge, notre genre, nos préférences sexuelles, quel que soit notre métier, notre rang social, notre histoire familiale, l'état de notre compte en banque, nous voulons la même chose : aimer et être aimé·e·s. Si vous traversez actuellement une situation de conflit ou une séparation, que vous ne comprenez pas ceux·elles qui sont devenu·e·s vos adversaires, souvenez-vous que vous rêvez de la même chose. L'amour est une fréquence vibratoire prodigieuse car, dès lors qu'elle vibre en nous, elle impacte tout notre entourage. Ce mantra vous invite à aimer grand et de toutes les façons possibles. Vous avez le pouvoir de contaminer votre quartier, votre village, votre région avec votre propre vibration d'amour. Réunissez les personnes que vous aimez, invitez vos voisins, appelez les ami·e·s éloigné·e·s que vous n'avez pas vu·e·s depuis des années pour leur exprimer votre affection. Ressentez la force d'amour qui nous lie. Laissez-vous porter par cette vague. Faites-en un tsunami en manifestant des gestes d'amour sans raison tout autour de vous. Venez en aide sans attente, rendez service, donnez, offrez. Reconnaissez à quel point cela vous fait du bien d'aimer. En cessant de focaliser sur les opinions qui nous séparent et en plaçant l'amour au cœur de vos actions, vous changez la narration pour vous-même. Et vous participez ainsi à changer la narration collective. Cette transformation ne se fera pas sans vous.

Pratique : ce mantra est une célébration. Vous pouvez le chanter seul·e mais n'hésitez pas à méditer avec un groupe. Installez-vous en cercle en vous tenant par la main, main gauche en dessous, main droite par-dessus. 7 minutes au moins.

Version musicale suggérée : *We Are The People of Love* CD de Khalsa Women (sur le site satnam.de/fr/).

WE ARE WE AND WE ARE ONE

Revenir à l'unité

Le mantra complet :
We are we and we are one, we are we and we are one, we are we and we are one, we are we and we are one, humee hum brahm hum, humee hum brahm hum, humee hum brahm hum, humee hum brahm hum.

Traduction : « Nous sommes nous et nous sommes un, nous sommes nous et nous sommes le divin/la source/l'infini création. »

Les grandes épreuves nous montrent que nous ne pouvons pas nous passer les uns des autres. Lorsqu'une catastrophe se produit, qu'un séisme engloutit un village, qu'une pandémie paralyse la planète entière ou qu'un volcan se réveille sur une île paradisiaque, ceux·elles qui ont besoin de secours se moquent de connaître l'identité de ceux·elles qui tendent la main. Les conditionnements hiérarchiques sont alors pulvérisés et l'urgence du collectif prend le dessus sur l'identité individuelle. Ce sont ces instants qui nous enseignent le plus au sujet de la solidarité, de la fraternité et de la sororité. C'est alors que l'on prend conscience que chacun est essentiel. C'est lorsque nous sommes uni·e·s que la magie peut apparaître. En kundalini yoga, ce mantra est souvent chanté par deux, dans ce qu'on appelle un « venus kriya », c'est-à-dire une posture face à face, les yeux dans les yeux. Plonger dans le regard d'un inconnu le temps d'une méditation est une expérience métamorphique. Au début, on voit le visage de l'autre. Mais très rapidement, les traits de l'individu disparaissent pour laisser entrevoir un miroir familier. On se reconnaît en l'autre, quel que soit son âge ou son sexe. On ne voit plus les stigmates de nos différences physiques et historiques. On ne voit plus que le champ de l'unité. Se sentir un avec tous est l'un des plus grands frissons que la vie nous offre. C'est le bouleversement cathartique d'une émotion vécue simultanément. C'est elle qui fait chavirer le cœur de ceux qui se réunissent lors de grands rassemblements, qu'il s'agisse d'une manifestation dans la rue, d'un concert, d'une tragédie au théâtre ou d'une prière à plusieurs. Le champ quantique de l'unité nous propulse au-delà de l'espace et du temps, il nous rappelle notre nature cosmique, composée de fragments d'étoiles et de photons communs à l'univers tout entier. Avez-vous oublié la vérité divine de votre être ? Avez-vous oublié que chaque humain porte cette même vérité en lui ? Même ceux que vous jugez inférieurs, monstrueux, immoraux ou indignes ? Revenez à l'unité avec les autres, mais surtout avec vous-même. Il n'y aura pas d'accès possible au « Un » tant que vous continuerez à rejeter des parties de vous-même.

Pratique : assis·e en tailleur, les mains sur le sternum (main gauche en dessous, main droite par-dessus), chantez le mantra pendant au moins 7 minutes. Une autre façon possible de méditer avec ce mantra est de poser les mains sur ses yeux. On quitte le masque de tous les rôles que l'on joue pour ne plus écouter que sa voix chanter l'unité.

Version musicale suggérée : *Humee Hum Brahm Hum* de Kevin James.

REMERCIEMENTS

Merci à mon mari Bastien Coulon, qui est l'être le plus sage, le plus drôle que je connaisse et qui a fait de la peinture une pratique spirituelle. Merci infiniment à Satyavrati Karta pour sa transmission permanente, à Jai Gopal qui m'a ouvert la voie de la guérison énergétique et des enseignements bouddhistes, à Harnal qui m'a appris à développer mon intuition et mon corps sensoriel et à Marion Sebih pour nos échanges lumineux. Merci à toute la sanghat d'élèves et de professeurs qui me soutiennent continuellement : nos liens sont si nourrissants. L'amour qui s'exprime dans nos espaces sacrés est invincible. Merci aux musiciens qui subliment les mantras, merci à la guidance de l'invisible et des maîtres pour leur inspiration, merci aux enseignements laissés en héritage par Yogi Bhajan comme à toute la chaîne d'or qui l'a précédé... Et merci aux épreuves de la vie comme aux blessures anciennes qui m'ont conduite à découvrir la puissance réparatrice de la méditation et du yoga.

Lili Barbery-Coulon

58, rue Jean Bleuzen
92170 Vanves Cedex

Maquette : Bastien Coulon

Achevé d'imprimer en février 2022 sur les presses de Toppan en Chine.